二見サラ文庫

うちの作家は推理ができない

なみあと

| Illustration |

いつか

C O N T E N T S

6 プロローグ

8 一 うちの作家は推理ができない

67 二 うちの作家は書評を好かない

105 三 うちの作家は克服できない

164 四 うちの作家は掃除ができない

225 五 うちの作家は素直に言わない

263 エピローグ

うちの作家は推理ができない

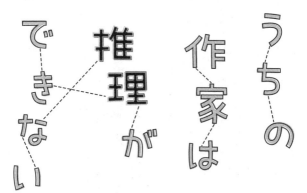

プロローグ

「ああ、もう……！」

東京は丸ノ内《まるのうち》の片隅にある株式会社和賀学芸《わがのがくげい》出版のオフィスにて、わたしは愛用のノートパソコンから業務用メールボックスを開き、送受信ボタンを連打していた。

しかしいくら親の仇《かたき》のようにボタンを叩《たた》き続けたところで、目的のメールがわたしのもとに届く気配はない。それは、メーラーの調子が悪いわけでも、会社のサーバーに不具合があるわけでもなく――

そもそも対象の人物が、わたしにメールを送っていないだけなのだから！

わたしが待っているのは、担当作家からのメール。

正確にはそれに添付されるはずの原稿だが、同じことだ。もう〆切《しめきり》は三日も過ぎているというのに、進捗の連絡すらまったくなく、電話をいくら鳴らしてもつながらない。

そしてさらに、面倒なことに、この小説家にはちょっと妙な癖がある。

「左京《さきよう》。また、いつものアレか？」

向かいのデスクから、質問。いかにも笑いを堪《こら》えているような、それ。

眉間のしわを自覚しながらそちらを見れば、そこには予想どおり、頬を噛《か》んで妙な表情を作る先輩がいた。

押し寄せる疲労感を押し殺しながら、げんなりと頷《うなず》く。

「……でしょうね」

「お前もつくづく、あいつに懐かれてるように見えるんですか、高山《たかやま》さんっ」

「これのどこが『懐かれてる』ように見えるんですか、高山さんっ」

本当に「懐いて」いるのなら、〆切くらい守ってしかるべきだろう。

わたしの返事もまた先輩には面白かったようで、彼は我慢ならなくなったとばかりに手を叩いて笑う。そしてさらに「そうなったときの対応策は、一つしかないだろう？」と他人事《ひとごと》のように続けたものだから、わたしは深く長いため息をついた。

手のかかる担当作家と意地悪な先輩を持つと、新進気鋭の若手編集は苦労する。

わたしは荒い手つきでパソコンを閉じると、ニヤニヤ顔の先輩を八つ当たり気味に睨《にら》みつけ、椅子に掛けたスプリングコートをひっつかむ。

そして、嚙みつくように宣言した。

「二ノ宮《にのみや》先生の原稿、回収に行ってきます！」

これは、とある出版社にて編集者として働く「わたし」、左京真琴《まこと》と——

とある「悪癖」を持つ小説家・二ノ宮花壇《かだん》の、世にも面倒くさいお話。

一　うちの作家は推理ができない

二ノ宮花壇《にのみやかだん》というのは、もちろんペンネームである。

推理作家。本業は学生。性別非公開。性別は公開していないが、女子学生を主人公にした物語が多いことやペンネームの雰囲気から、おそらく女性作家だろうと考えられているようだ。

三年前に開催された「第十二回和賀《わが》学芸《がくげい》出版推理小説大賞」にて、応募作「鏡に映る日常」が優秀賞受賞。同作にてデビュー。コミカライズや映像化など、いわゆる大々的なメディアミックスが行なわれるようなヒット作に恵まれているわけではないが、圧倒的な筆力と構成力を持ち、また学生を主人公とした瑞々《みずみず》しい作品が多いことから若い世代にファンが多い。

三か月前に刊行された最新作も売れ行きはよく、息の長い小説家になると見込まれている――というのが世間での評判だ、が。

担当編集者のわたしからしてみれば、二ノ宮はとんだクソガキである。

実際の二ノ宮花壇という作家は――男子大学生。世田谷《せたがや》区は用賀《ようが》にある学生寮に居を構え、都内の私立大学に通っている。その裏で小説家業に励んでいる理由をせめて小遣い稼ぎと言えばかわいらしいのに、わざわざ「遊ぶ金欲しさです」と表現したことは記憶に新しい。

これが泣かず飛ばずの作家であれば縁も切れるだろうに、書きあげる物語はわたしも読者も認めざるを得ないほどには面白いのだから、余計に腹立たしい。

ふんっ、と鼻から息を吐き出しながら、わたしは学生寮の入口扉を押し開けた。

先輩編集者である高山《たかやま》から彼の担当を任されて早一年。本来は家族以外、女人禁制となっている男子学生寮だが、寮の管理人である八神《やがみ》さんが二ノ宮の作家業を知っていること、高山が引継ぎの際にわたしを八神さんへ紹介してくれたことで、出入りを許されていた。

「こんにちは、八神さん」

「ああ、左京《さきょう》ちゃん。こんにちは」

管理人室に声をかける。返事をくれたのは恰幅《かっぷく》のいい女性。彼女がこの学生寮の管理人、八神さんだ。

同時にカウンターで、一匹の三毛猫が短く鳴いた。愛想のいいこの猫は、たまに来るだけのわたしにもごろごろと喉を鳴らしてくれる。

わたしに撫《な》でられて目を細める三毛猫タマと対照的に、八神さんは目を見開いた。

「左京ちゃんが来たってことは、もしかして、またあの子」

「ええ、まあ。〆切《しめきり》が過ぎても音沙汰がなくて――」

「まったくあの子は！　タマ、行っておいで！」

名前を呼ばれたタマは、にゃあと一鳴きして、腰に手を当てた八神さんを見ると、寮の中へ走っていった。「左京ちゃんはいつものところで待っておいで」という八神さんの指示に従い、わたしはいつものところ——食堂の一番の端の席で待たせてもらうことにする。

間もなく、階段を降りる足音と毒づく声が聞こえてきた。

「ったくあのバカ猫、相変わらず容赦ない……！」

食堂に姿を現したのは、一人の青年。染めた茶髪と銀フレームの眼鏡はいつもの通りだが、部屋でくつろいでいたところをタマに襲い掛かられたのか、暗めの色合いのシャツには猫の毛が目立っている。彼こそが学生小説家、二ノ宮花壇だ。

バカ猫、バカ猫と毒づきながら猫の毛を一本一本取っている二ノ宮へ、わたしは席を立ち挨拶をする。

「ご無沙汰しております、先生。原稿を頂戴しに伺いました」

すると彼はようやく、わたしのことに気づいたらしい。いままでの嫌悪の表情はどこへやら、へらっと、人好きのする笑顔を浮かべた。

「あっどうも。来たんですね、左京さん」

そりゃ来るだろうよ、と文句を言いたくなるのをぐっとこらえる。

わたしは涼しい顔を保ったまま、

「ご学業のお忙しいところ、押しかけてしまってすみません。〆切が過ぎているのですが、一、向、に、ご連絡が取れなかったもので、『いつものアレ』ではないかと思い、お伺いいたしました」

一向に、に力を入れて言ってやるものの、二ノ宮に反省のそぶりはまったく見えない。

ただ、わたしの言葉で、二ノ宮は自分の仕事とその現状を思い出したらしい。ぽんと手を叩《たた》き、ああ、と抜けた声を出し、向かいの席に腰かけた。

彼は、あっはっは、と笑い、そして。

「いやぁー、そうなんですよ。実は」

——二ノ宮花壇という学生小説家。作品の評判は上々で、ファンも多く、今後の伸びしろもある。編集部としては長く大事にしていきたい作家だが、しかし彼には一つだけ、厄介でけったいな癖がある。それは、

「また、解決パートのシナリオを忘れてしまって」

物語の「解決パート」をうっかり忘れてしまうこと。

いや担当編集者として正直なことを言えば、「うっかり」で済まされていいことではないのだが、それはそれとして。

わたしがOKを出したはずのプロットはどこへ行ったのか、彼の提出する物語は途中から、プロットとまったく違うものになっている。そのくせ、改変後の物語はプロットよりも興味深く、わたしに「結末を読みたい」と思わせてしまうのだからたちが悪い。

二ノ宮は一度部屋に戻ると、A4サイズのクリアファイルを小脇に抱えて戻ってきた。

へらへらと笑いながらわたしに差し出したコピー用紙には、彼の考えた物語が始まり、

登場人物たちが行動し、事件が起こるまでと、解決のための様々な手がかりが記されている。つまるところそれには、起承転結でいうところの「結」――登場人物たちが提示されたヒントをもとに謎を解決する、物語の解決パートだけがないのだ。

二ノ宮は顎に手を当て、ううん、と困ったように唸《うな》った。その仕草すらどこかわざとらしく見えてしまうのは、わたしの「苛立《いらだ》たしい」という感情のせいかもしれないが。

「推理するためのすべての情報を物語に織り込むところまではできあがって、よっしゃこれで今回は〆切に間に合うぞと思い――」

「はぁ」

「祝いに寮生たちと一杯ひっかけたら、推理パートだけ頭からするっと」

……クソガキめ。

笑いながら「酒は飲んでも呑《の》まれるな、と。いやいやまったくお恥ずかしい」と述べる彼は、はたして本当にそう思っているのかいないのか。……しかし彼がこの物語の「推理」を忘れてしまったこと、また、彼が今日《こんにち》までそれを思い出そうと悩んでいたことは事実なのだろう。

となれば、このまま彼一人に原稿を任せておいても、いい方向には働くまい。

「拝読します」

彼から受け取ったコピー用紙へ視線を落とす。

書きかけの原稿。AとかBと書き表された、名前のない登場人物たちは、わたしの想像力では読みにくいことこの上ない。だからわたしは主人公に自分「サキョウマコト」を、相棒に手近な相手「ニノミヤカダン」を当て嵌《は》めて、彼の考えた物語を頭の中に再現する。

その物語は、こんなふうに始まっていた。

――「私はその日、カダンのカフェ巡りに付き合わされたのだった」。

＊　＊　＊

その日私は、カダンと新作の打ち合わせをするためアポイントを取った。

彼が打ち合わせの場所に希望したのは駅前通りのカフェ。彼の通う大学の最寄り駅で待ち合わせをして話を聞くと「以前学校の友人に誘われて行ってから、もう一度行きたいと思っていたんです」とふわふわ笑った。

「一人じゃもったいないですからねぇ、何かのときに行けたらと思ってました」

「カダンさんのお気に召したのは、お店の雰囲気ですか」

「ん。それもあるんだけど、カプチーノがよかったです。とても」

あの店のカプチーノは、砂糖を入れるかすごく迷ってしまうんですよ――と嬉《うれ》しそうに言うカダンの話を聞きながら、私は、珍しいこともあるものだ、と思った。

カダンは相当な甘党だ。コーヒーはミルクと砂糖なしでは絶対に飲めないと言うし、鞄《かばん》の中には常に飴玉《あめだま》が入っている。

そういう彼が「砂糖を入れずに楽しむ」というのだから、そのカフェのコーヒーは相当いい味をしているのだろう。そうですか――と答えるが、しかし私はそこまでコーヒーの味に詳しくない。そのコーヒーを前にしたとき、彼のお気に召すコメントができるかどうか。

「ここです」

「ほぉ」

カダンの案内でたどり着いたカフェは、なるほど確かに勧めるだけのことはあった。クラシックな雰囲気のある、小ぢんまりした洋風のカフェ。大きな洒落《しやれ》たガラス窓、外にはオープンテラスが設けられ、二人掛けのテーブルが二セット置かれていて、プランターには様々な品種のチューリップが咲いている。

入口のドアの脇に、横から見るとAの形をした黒板。片側にはメニューが書き記され、もう片側には「今日のケーキ」、「今日のパスタ」と並んでいる――

「ん？」

何気なくそれを眺めていたカダンが、妙な声を上げた。黒板に顔を寄せる。

「どうしましたか、カダンさん」

「いや、この黒板、なんか変だなと思って」

「変ですか？」

作家だからか知らないが、彼はときどき変なところに関心を抱く。

彼は人さし指で、すっ、と黒板を撫でた。

「どうして、黒板の下半分には何も書いてないんだろ」

そう指摘されて、ようやく違和感に気づいた。確かにケーキとパスタの紹介は上半分に書き込まれ、下半分には何も書かれていない。裏側のメニューは、上から下までたっぷりと空間を使って書かれているのに。

何かの意図を以って開けているのか、それとも——あ。

「もしかして、『今日のスープ』とかがあったんですかね。それがもう売り切れちゃったから消したとか、どうですか私の名推理」

「……まぁいいや。入りましょう」

私の推理などどうでもいい、とばかりの態度がたいへん腹立たしい。

OPENという木札の下げられたドアを開けると、ドアベルの軽やかな音がした。「いらっしゃいませ」と奥から声がして、間もなく店員がやってくる。

私が二本指を立て、「二人です」と伝えると、店員は店内を振り返る。空席を確認したのだろう。

「ええと、こちらへどうぞ」

彼は、私たちを先導するように歩き出した。あとをついて歩き、二人掛けの一席に通される。

外から見えた大きな窓、その一番窓際の席は、黒い三角柱のプレートが横向きに置かれていた——それには白文字で「Ｒｅｓｅｒｖｅｄ」と書かれている。予約席だ。

予約をしても来ようという客がいるのだということからも、このカフェの人気が知れた。

再度の来店が叶《かな》ったことが本当に嬉しいようで、カダンはにこにこと笑っている。

「なかなかいいところでしょう?」

「そうですね」

カダンさんにしてはいいセンスですね、と言いかけたのを飲み込んだ。

「マコトさんを連れてくるにはもったいなかったですかね」

……言ってやればよかったと激しく後悔した。

テーブルに置かれていた、二つ折りのメニューを開く。軽食、ケーキなどの甘味、飲み物が並んでいる。挟みこまれた一枚の用紙には、「本日のパスタ」「本日のケーキ」が書かれていた。パスタはキノコのパスタ、ケーキはリンゴのシブースト——

「マコトさん」

「はい?」

「『本日のスープ』はないみたいですね」

厭味《いやみ》ったらしいことこの上ない。

聞こえないふりをして、私は注文のため店員を呼んだ。先ほど私たちを案内した店員だ。

「カダンさんは何にしますか?」

「僕はカプチーノを」

「かしこまりました」

「私はホットコーヒーをください」

「かしこまりました。ご注文は以上でよろしいですか」

「あっ僕、チョコバナナパフェとプリンも」

「ええと……はい。かしこまりました」

店員が、伝票に注文を書き込んでいく。やや慣れない手つきでいるのは、まだ雇われて間もないアルバイトなのだろう。

店員が去り、私は店内を軽く見回す。私は美術に関して知識があるわけではないけれど、壁に飾られた数枚の絵画は、店の雰囲気によく合っているように思えた。

レジ近くのマガジンラックには、雑誌が何冊か刺さっている。私の席からは見えにくいけれど、コーヒーカップの写真が表紙になっているから、きっとカフェ関係のものなのだろう。付箋のようなものが飛び出しているのは、この店のことが取り上げられているのかもしれない。そう思うと、ミーハー心が刺激され、ちょっと読んでみたい気分になる。気になる……がまずは仕事だ。

ラックから顔を逸《そ》らして自分の鞄に手を伸ばしたとき——

ドアベルの音がした。

カラカラ、と軽やかな音が響き、少しの風が吹き込んでくる。

「二名で」

「かしこまりました」

店内に入って来たのはカップルだった。別にじろじろと見たわけではなくて、視界の中を歩いていったからわかっただけだ。——カダンとは違って！

彼は遠慮もへったくれもなく、案内される二人組をじっと眺めていた。今後の創作活動の参考にしたいのかもしれないが、一緒にいる私からすれば、恥ずかしいしはしたないのでやめてほしい。

カップルの先を歩く店員は、彼らを窓際の席に通した。二人より数歩早く席にたどり着くと、さりげない様子で「Ｒｅｓｅｒｖｅｄ」のプレートを取り下げて「こちらのお席にどうぞ」と言う。

彼氏が、意見を聞くように彼女の方を見る。彼女は笑顔で応え、二人はそこに座った。

穏やかな雰囲気の、お似合いのカップルだ——

「じろじろ見過ぎですよ、マコトさん」

「は、う、うるさいですねっ」

いつの間にやらカダンは、すでにカップルから視線を外していた。にやにやと小馬鹿にするような顔を私に向けている。

「ここのカプチーノとパンケーキがおいしいんだ」「そうなんだ、じゃあ私頼む」「言うと思った。一口ちょうだい」「決まりだね、店員さん呼ぼう」——そんな仲睦《なかむつ》まじげな会話が届くが、盗み聞いていると知られたら、カダンが私に向ける視線はさらに不快なものとなるだろう。頭から追い出すため、ぽんぽんとこめかみあたりを手で叩く。

私のしぐさを見て、カダンが「何してるんですか？」と不思議そうに言ったとき、

「お待たせしました」

ちょうど、注文の品が運ばれてきた。

「パフェのお客様」

「あ、僕です」

「プリンは……」

「あ、それも僕です」

甘党め。

パフェとプリン、両方が彼の目の前に置かれる。チョコレートソースがかけられた甘そうなバナナパフェを前に、いかにも幸せそうな顔で笑うカダンは年相応——それ以上に幼く見える。

そういう顔だけしていればかわいらしいのにと思いながら、私は店員からホットコーヒーを受け取った。

「カプチーノです」

そして最後に置かれたコーヒーカップは、カダンのもの。スチームミルクがたっぷり載っている。続いて店員は、ミルクポットと角砂糖のポットをテーブルに置いた。

＊　＊　＊

ぐう。

という音が、わたしの意識を物語から現実へ引き戻した。

お腹《なか》の動く感覚。作中の食事の描写に、必要以上の想像力を働かせてしまった結果である。そういえば今日はまだ、昼食を摂《と》っていない。

二ノ宮に聞かれてはいないだろうか。こっそり原稿から顔を上げると、

「何も聞いてませんよ」

……優しさが欠片《かけら》もない。

「生理現象です。仕方がないでしょう。お腹空《す》いたんです。おいしいもの食べたいです」

「何か作ってもらいますか？　うどんとか、簡単なものなら出してもらえますよ」

言われて思い出す。ここは学生寮の食堂だ。――しかし、

「いえ、大丈夫です」

寮生でもないのに作ってもらうのは、さすがに気が引けるので我慢。

「じゃ、これを読み終わったら、何かおいしいもの食べに行きましょう。僕、行きたいカフェがあるんですよ」

「あ、いいですね」

そうと決まれば、当座の腹の虫対策として。

わたしは鞄から、常備しているのど飴の袋を取り出し、一粒を口に放り込んだ。二ノ宮に尋ねると、彼も「ください」と言うので、差し出された手に向けて飴の袋を振る。

彼の手のひらにころころと、一粒、二粒……三粒転がった。

あ、出し過ぎた、とわたしが思った瞬間、

「いただきます」

二ノ宮は、三粒を一気に口の中に放り込んだ。

驚くわたしの目の前で、彼は大きな音を立てて飴を嚙《か》み砕き、

「ごちそうさまでした」

しれっと言うので、

「……飴ってそう食べるものですかぁ？」

心の底からの疑問を口にするものの、彼に届いた様子はない。

原稿に戻ることにする。

＊　＊　＊

ごゆっくりどうぞ、という店員の言葉は、パフェ用の長いスプーンを握ったカダンにはもう届いていない。「いただきます」と一言、彼は大量のチョコレートソースがかかった

バナナにスプーンを突き刺した。

カダンがパフェに気を取られている隙に、さり気なく、伝票を取る。慣れない様子で注文を取っていた店員のことを思い出して、注文したものが間違って書かれていないか気になったのだ。しかし、そんな私の心配とは裏腹に、伝票は正確に書かれていた。

「それ食べ終わったら、打ち合わせ始めましょうね」

満足して帰ってしまわないかと心配で、釘《くぎ》を刺すように言っておく。アイスを山盛り掬《すく》いながら、「わかってますよ」と彼は言った。

私はコーヒーを一口。おいしい……のだろうか。普通のインスタントコーヒーよりは香りが豊かなことはわかるけれど、あまり詳しいことはわからない。

ミルクを入れようと手を伸ばして、

「……ん？」

気づいた。ミルクポットの隣に置かれていたはずの、角砂糖のポットがなくなっている。どこに行った？　と思ったがすぐ見つかった。カダンがカプチーノにぽんぽんと角砂糖を放り込んでいる。シュガートングでつまんで三つ、四つ。私が確認できただけでも四つは入れていた。

極めつきは、取った角砂糖を手のひらに落とし、そのまま口に……

「……糖尿病になりますよ」

「まだ若いんで」

忠告するがカダンは気にするそぶりもない。へらっと笑って、またパフェのアイスに手を出した。数年後に後悔すればいい——おや？

そういえば。

「あ、砂糖、入れないんじゃなかったんですか」

「ん？　いや、あれはもういいです」

ただの気分の変化なのか、別に大したことではないと言いたそうな口ぶりだ。というか目の前の糖分に気を取られて、それ以外のものは興味がない様子。仕事のことはゆめゆめ忘れてくれるなよ、と思いながら私はコーヒーカップを傾ける。

……そうやって。

彼が目の前のスイーツ以外に興味を失っているのはわかっていたから、そのあと私が呟《つぶや》いたのはただの独り言で、彼が聞いていなくても別に構わなかった。

「ここ、夜はお酒を出すんですかね」

「どうしてですか？」

気まぐれにも彼は、私の言葉に返事をした。

「カウンターのあのピン、見えますか？」

私の言葉に、彼はしばらく目を細めてそちらを凝視していたが、やがて「あー」と言った。私が何を指しているかカダンが認識したところで、話を続ける。

「あれ、たぶん、カクテルに使う道具ですよ」

「へぇ、そうなんですか。よく知ってますね、マコトさん」

珍しくカダンに褒められて、ちょっといい気分になる。

「先日、友人の失恋のやけ酒に付き合って飲みに行ったときに、店員さんがいろいろ教えてくださって」

「ははぁん」

「なんですか?」

「マコトさんがあんまりにもつまらなさそうにしてたんでしょうね。で、店員さんも、気を遣ったと」

「うるさいですね」

酔っ払いから彼氏の女癖の悪さなどを繰り返し何度も聞かされて、いつまでも興味深そうな態度を取っていられるかという話である。

しかし。

スプーンを持ち替え、プリンを三分の一ほど掬って口に運んでから、カダンは「でも」と言った。

「この店で酒出すって話は聞いたことないんだけど」

「詳しいですね」

「僕の知り合いが、前にここでバイトしてたんですよ。『店長が酒が苦手らしい』って言ってました。そのせいで店主催の飲み会が一切ないんだそうですよ——代わりにまかないの量が多くてうまいから満足してる、と言っていたんですが」

「へぇ……男子大学生の胃袋が求めるものは、アルコールより食事の量ってことですか」

「いやぁ、『飲みサー』なんて言葉もありますから、一概にそうとも限らないでしょう。まぁ、僕なんかは、酒よりも腹に溜《た》まるものの方が嬉しいですけどね」

などと。

話が逸れに逸れたときにはもう、彼の意識はパフェに戻っている。まったく、と思いながら視線を店内にやると、ちょうどカップルのところにも食事が運ばれてきたところだった。バターとメープルシロップの、いかにもレトロな喫茶店らしいパンケーキと、二つのカプチーノ。彼女は「おいしそう！」と目を輝かせ——おや？

しかし彼氏はそれに答えなかった。何かを確認するように、もの思うように、じっとカップを見下ろしている。

彼氏のとっておきの店だったのか、彼女が「教えてくれてありがとう」と言ったとき、ようやく彼氏は弾《はじ》かれたように顔を上げた。

「一口、分けてあげるね」

「あ、ああ、うん。ありがとう」

切り分けたパンケーキを、彼氏に向けて差し出すのを見て——

カダンが言う。

「……え、マコトさん、甘いもの食べたいんですか」

「いりませんよ」

「あげませんけど」

「いりませんってば」

奪われまいとさりげなくパフェとプリンの皿を引き寄せるカダンに、私はもう一度、念押しするように言う。

「本当に、いりませんから」

「そうですか。じゃあ」

ようやく信じたようだ。

機嫌を直したカダンだが、食べる速度が先ほどより増しているように感じるのは私の気のせいか。

ともかく、私が資料を読みながらカダンが食べ終わるのを待っているうちに、隣のカップルの食事は終わったようだった。あれこれ話しながらではあるものの、注文したものはパンケーキ一つと各々が一杯ずつドリンクを頼んだだけだ。

「そろそろ行こうか」

「そうだね」

席を立ち、彼氏が彼女の手を取った。

伝票は彼氏の手に。入口横のレジの前に立つと、彼は彼女に「ちょっと外で待ってて」と言った。エスコートのうまい紳士だな、という印象。

一方、気遣いもへったくれもない我が担当作家はといえば、

「はぁ、うまかった」

パフェとプリンをたいらげて、カプチーノをちびちび啜《すす》っている。

「満足いただけたならよかったです。じゃあ、打ち合わせを始めましょうか」

「ん？」

しかしカダンは、なぜか目を丸くした。何か変なことを言ったろうか——彼はメニューに手を伸ばしたその姿勢のまま、しばらく考え込み、そして。

メニューから手を離した。

「あ、そうですね。打ち合わせに来たんでしたね」

「忘れないでくださいよ」

「いやいや」

あきれて言うと、彼は照れたように頭を掻《か》いた。

そして、愛用の鞄からペンとノートを出す。男子大学生らしい黒のショルダーバッグ。

「わかりました、じゃ、次回作の話をしましょう。……でも、その前に」

「はい？」

「ウォーミングアップに一つ、頭の体操をしませんか」

頭の体操？

いったい何を言い出すのか。私がそう、彼に質問しようとした、その瞬間——

「これはどういうことなんだ！」

怒声が聞こえて、私ははっとそちらを向く。

見えたのは、先ほど私たちの注文を取った店員と、私たちの隣の席に座っていたカップルの片割れ、彼氏の方。

何やら黒いものを握り締めた彼氏が、レジの店員を大声で怒鳴りつけていた。

カダンは席を立つこともせず、ただそれを一瞥《いちべつ》し――

それから私に向き直り、こう言った。

「さて、問題です。彼はいま、どうして怒っているのでしょうか？」

その顔は、妙に楽しそうだった。


【出題パート終了】

＊　＊　＊

「……はぁーん？」

書かれた原稿の、最後の【出題パート終了】の表記まできっちりと読み終えて。

わたしは無意識に声を上げ、それに二ノ宮が「んぐっ」と吹き出した。

わたしたちのいる場所は、作中のように小洒落た喫茶店ではなく学生寮の食堂で、テーブルに置かれたものもコーヒーカップではなくウォーターサーバーから冷水を汲《く》んだだけの小さな紙コップ。

わたしがうめいたとき、ちょうど二ノ宮は水を口に含んだところだったらしい。げほげほと咳《せき》を繰り返して、のち、苦笑いを浮かべる。

「毎度言ってますけど左京さん、そのアホみたいなリアクションやめてくださいよ」

アホみたいなとはなんだと言い返したいけれど、間の抜けた声を上げた自覚はある。

「だって」

眉間に寄ったしわを解くことができないまま、わたしは口を開いた。

「どうしてここで終わっちゃうんですか」

「現在の僕に言われても」

ここからがいいところだろうに！

けれど二ノ宮は、中途半端なところで終わってしまっている自作をいまさら庇《かば》うつもりもないようで、あっさり肩をすくめた。

「忘れてしまったんだから仕方ないですねぇ」

原稿を握り締めるわたしを前にしても、二ノ宮はひょうひょうとしている。

「あ、でも、左京さんに僕から一つアドバイスするなら」

「なんでしょう」

「文句言ってる時間あったら、推理してもらった方が有意義だと思います」

この野郎。

誰のせいだと思って——言ってやりたいが、腐っても先生様である。ぐっと呑み込んで、わたしはもう一度彼の書いた「出題パート」に目を落とす。

そしてわたしは、出題に対する答えを、考える。

彼はいま、どうして怒っているのでしょうか。それはつまり言い換えれば、

「……『カップルの彼氏の行動理由を明らかにしろ』というのだから、まずは彼の行動を追うのが素直なやり方ですよね」

「とすると」

わたしはいつも持ち歩いているペンケースから、ピンクの蛍光ペンと赤ペンを取り出した。

「書き込んでも？」

「どうぞ。コピーですから」

いまどき原稿を手書きしようというアナログな小説家は少ない。多くがパソコンの文書作成ソフトで、もう少し若い層になるとスマートフォンを使ったりする。二ノ宮も多分に漏れず、パソコンの文書作成ソフトを使って執筆をする——道具が何であれ、編集者としては作品の内容が優れていれば構わない——原本はパソコンの中にあるということだろう。

原稿にペンで書き込む許可に礼を言い、わたしは蛍光ペンを握る。

塗ったところは、カップルの描写のあるところ。

カップルは店員に、窓際の席に案内された。彼氏は彼女に意見を聞いて同意を得てそこに座った。注文したのは、カプチーノが二つとシンプルなパンケーキが一つ。パンケーキがおいしいと知っていたところから、彼氏はこの喫茶店に以前にも来たことがあるのか、リサーチしたのだろう。二人はパンケーキを分け合って食べる約束をしていた……

原稿から読み取れる、二人の情報としてはそのくらいか。

その彼氏が、レジで店員を怒鳴りつける理由となりそうなことといえば。

「彼氏が怒った理由として、思いついたのは……」

「どうぞ」

二ノ宮が先を促す。

許可を得たわたしは、おそるおそる、言う。

「……単純に、会計が間違っていたのでは？」

わたしは、マコトたちが店員に注文をしたときのことを考えた。注文を取る店員の、おぼつかない手つき。まだ慣れていない彼が、カップルの伝票を書き間違えたとしてもおかしくはないのではないか。そして、有り得ない額を彼氏に請求した、と。

するど、二ノ宮は笑った。

「それはないと思いますよ」

いつものような、小馬鹿にするような笑い方ではないのが、逆に悔しい。

「なぜですか」

尋ねる。と、二ノ宮は即答した。

「『そんな私の心配とは裏腹に、伝票は正確に書かれていた』」

「あ」

彼の手元に原稿はないというのに、一言一句違《たが》わぬ文章を返してくれた。

そうだ。料理がすべて運ばれたあと、マコトはテーブルに置かれた伝票を一度確認している。内容や金額も含め、確かに合致していた。不慣れであるかもしれないが、それを間違えるような店員ではなかった。会計で、彼氏が激高するほどの大きな間違いをしたとは思えない。

それに、である。

……わたしが考えたこととまったく同じことを、二ノ宮がはっきり言ってくれた。

「そもそもそれが正解だったら、推理小説の面白さがないですよね」

「そういう思い込み的なメタ推理は、つまんないんでやめましょうよ」

同じことを考えていた、ということは伏せておく。二ノ宮はけらけらと笑った。

しかし——それが駄目とすると、他の案を出さなければならない。

原稿を握り、ぐむむ、と唸《うな》るわたしを、二ノ宮は向かいで面白そうに眺めている。その目が妙に穏やかで、わたしはつい噛みつきたくなった。

「先生も考えてくださいよっ」

「そうですねぇ」

二ノ宮はこの事態を解決するつもりがあるのかないのか、やたら余裕ある態度で眼鏡を外し、はぁっと息を吹きかけた。曇ったレンズを服の裾を使って拭きながら、

「僕なら次は、カップルの行動にはこだわらず違和感のあるところを追っかけてみますかね。主人公たち――『マコトさん』か『カダン』が不思議だと思った点、とか」

名無しの登場人物にわたしが付けた仮の名前。読み進める最中にわたしが呟いていたそれを、二ノ宮は気に入ったらしい。あまりにも自然に、二ノ宮は彼らのことをそう呼んだ。

疑問点。……普通ではないこと。

今度はそれを気にして文字を追う。読み返して、まず目についたのは、

「……外の黒板？」

眼鏡をもとのようにかけた二ノ宮が「不思議ですよね」と言った。そして、

「それ、どうしてわざわざ下半分だけ空白だと書いたんでしょうか、僕？」

「『黒』板なのに空『白』とはこれいかに」

「へぇ。左京さんもつまんないダジャレとか言うんですね」

言わなきゃよかったと激しく後悔。

しかし二ノ宮はわたしの後悔など構わず、言葉を続ける。

「下半分だけ空いた黒板。さて、何のために空けていたのか。誰かに消された？　……通りすがりの誰かが消した？」

「いいえ、違うと思います」

二ノ宮の挙げた可能性を切り捨てたわたしの口調は、わたしでも意外に思えるほどあっさりしたものになった。

しかし二ノ宮は、それに気を悪くした様子はない。どころか楽しそうに笑いすらして「どうしてですか?」と尋ねてくる。

「通りかかった素行不良の何者かが、メニューをいたずらで消していった……そう考えるのは、少し難しい気がします。だって、それなら『下半分だけ』消す意味がないです。いたずらなら全部消しますよ、普通」

「そこに思い至るとは、左京さんもなかなかのワルですね」

「それに」

悪い笑みで茶々を入れる二ノ宮に、咳払い一つ。わたしは原稿の該当部分をペンの尻で指し、

「黒板って、入念に消さないと、チョークの跡が残りますよね。だけど『私たち』が見た黒板の描写は『何かが記されていたようだ』とは書かれていません。最初から何も書かれていなかったと考えるのが自然だと思うんです」

「なるほどねぇ」

わたしの否定意見に、二ノ宮は腕を組んだまま深く頷《うなず》いた。しかしわたしも、「ならばその黒板にどういう真意があるのか」に対してつじつまの合う答えは出せていない。

少なくとも同じ理由で、「今日のスープ」が売り切れたから消したというのも考えにく

い。そもそも、なくなったのなら「ＳＯＬＤ ＯＵＴ」とでも書いて線でも引いておいた方がらしくあるのではないだろうか。

頷いていた二ノ宮は、その首をそのまま横にかしげた。

「でも、その左京さんの話だと、『店員は最初からその黒板の下半分に敢えて何も書かなかった』あるいは『書く気がなかった』ということになります。せっかくの客を呼び込むための看板なのに、あんなに広く、空間を余して使うでしょうか」

「余らせなければならない理由があった……のかも？」

小さな字でごちゃごちゃ詰め込んで書き込むよりは、余裕を持って書いた方が伝わる。だからといって、せっかく道行く人にアピールできる機会なのに、充分に使わないというのももったいない。そこを敢えて開けておかなければならない理由は……

「うーん、わかんない」

「頑張ってください」

まるで小学校のリレー応援のように、気の抜けた声援。

わたしが頭を抱えていると、彼は鞄から色とりどりの何かが詰まった袋を取り出した。

……こんぺいとうだ。袋のジッパーを開けて自分の手にいくつか取り、次に袋の口をわたしに向ける。

「いかがですか？」

「……では、お言葉に甘えて」

さっき飴を舐《な》めたばかりだから少し迷ったけれど、糖分が多い方が頭も働くだろうと判断。テーブルに原稿用紙を置き、両手のひらを上にして差し出した。

傾いた袋の口から、ころころとこんぺいとうが転がり落ちてくる。三つ、四つ、……五つ……六つ……放っておいたら残り全部がわたしの手に移ってしまいそうだったので、七つめを数えたところでわたしは「ありがとうございます、このくらいで」と止めた。

こんぺいとうを左手に寄せ、右手で一つつまんで口に。……香料の含まれていない、昔ながらの素朴な甘みがおいしい。

「たまにはいいですね、こういうお菓子も」

「ん?」

しかし二ノ宮には届かなかったようだった。なぜなら彼は——一度にいくつ口に突っ込んだのか知らないが——リスかハムスターのように頬を膨らませ、ごりごりごりと音を立てて嚙み砕いていたから。

「すみません、何か言いました?」

「……糖尿病になりますよ」

「まだ若いんで」

はからずも作中のマコトたちと同じやりとりをしてしまう。

だけどこれはきっと偶然ではなくて、作者としての二ノ宮が普段のわたししたちの会話を参考にしたのだろう。そういう場面は他にもあった。

「そういえば、わたしが友人のやけ酒に付き合った話、勝手にネタにしましたね」

「駄目でしたか?」

「いえ、別にこの程度なら問題ないですけど」

「酒に弱い左京さんがご友人に付き合って一晩中飲んだくれた結果、翌日の打ち合わせが延期になったことまで書いておいた方がよかったですかね」

「そこは書かなくていいです!」

顔が熱くなって、つい声を荒げてしまう。その日の翌日、二日酔いで家から出ることができずに仕事を休み、ほうぼうに頭を下げた記憶はいまも鮮明に残っている。先輩の高山には電話口で大笑いされるしで、散々だった。

わたしの大声に、通りがかった寮生がびくりと怯《おび》えたのが見え、二ノ宮はうははと声を上げて笑った。

「でも僕、あのときの左京さんの話があったおかげでこれが書けたんですよ。カクテルの知識なんて全然なかったですけど、それがきっかけで、ちょっと調べてみようって気になったんです」

「……っていうことは、これも一つのヒントになっているということですかね」

「なんだかんだで左京さんもメタな推理してるじゃないですか」

聞こえないふり。

ズルかもしれないが、こちらにはどんな手を使ってもこの物語の解決編を生み出さなければならない責務があるのだ。わたしは蛍光ペンで、カクテルの話のくだりを囲った。酒を出さない喫茶店に、カクテルの道具がある理由とは？

と同時に、酒の話の前、彼が角砂糖を齧《かじ》るくだりも気になった。二ノ宮——物語の中で「カダン」に割り当てた彼も、現実の彼と同じく甘党だ。その彼が飲み物に砂糖を入れたがらなかった理由、そして実際には一口も飲まないまま砂糖を入れた理由。

「左京さんはどうしてだと思います？　カダンが砂糖を入れたのは」

「……パフェとプリンが甘さ控えめだったのかな。糖分が足りないと思ったのかも」

「あっ、そう取りますか」

「え？」

思いがけない返事が二ノ宮からあって、わたしは顔を上げる。彼は軽く頭を下げて謝罪の姿勢を取った。

「すみません。パフェとプリンの糖分は一般的なものと同じで、特段少ないという設定は思い至っていませんでした。『マコトさん』に一品甘味を頼ませるなり何なりして、書いておくべきですね」

鞄から取り出したノートを開いて、「改善点」と書き、シャーペンでいまの話の要約を書いた。

「では、カップルが食べていたのも」

「はい。普通の、シンプルなパンケーキです。もちろんお店で提供できるくらいにはおいしいものですけどね」

作者が言うのなら、そうなのだろう。しかし――しかし、だ。

だとすると、さらにおかしい。カップルの彼氏は、普通のメニューを見て、何の変哲もないおいしいコーヒーとパンケーキを出され、彼女と穏やかなお茶の時間を過ごし、会計で正確な金額を請求され、店員を怒鳴りつけたということになる。

怒る点なんて、どこにも――

「いや？」

ない、とは言えないのではないか。わたしの頭に、一つ案が浮かぶ。

「カップルの彼氏が、怒ったのは……」

「怒ったのは？」

期待の表れか、二ノ宮がやや身を乗り出してくる。わたしは顎に手を当て、じっと考え込み、そして。

充分な時間ののちに、言う。

カップルの片割れである彼氏。問題のないはずの喫茶店に彼が怒った理由、それは――

「ただのクレーマー……？」

「手がかりが足りないのかもしれませんね」

二ノ宮はわたしの出した結論に、聞こえないふりをしたようだった。

あるいは聞いた自分がバカだったと思ったか。いずれにせよ彼はにっこり笑って、違うことを言った。

「もしよかったら、場所を変えませんか」

「場所、ですか？」

「こういうことを考えるのに、おすすめの場所があるんです」

言うが早いか、二ノ宮はわたしの手元から原稿を取り上げてしまった。ペンをケースに収め、こんぺいとうの袋、ノート、ペンケースを鞄にしまう。

立ち上がり、鞄を肩に掛けながら、

「雰囲気を変えれば、また違うことも思い浮かぶかもしれませんし。こんな、しみったれた学生寮の食堂なんかじゃ、頭もうまく回らないでしょう」

遠くから、「『しみったれた学生寮』とは何だいっ」という、八神さんの声が聞こえた。


「……おお！」

それを見たわたしは思わず、感嘆の声を上げた。

学生寮を出て二ノ宮に連れてこられたのは、学生寮のある用賀《ようが》から田園都市線《でんえんとしせん》で三駅離れたところ。三軒茶屋《さんげんぢゃや》駅より徒歩五分の所にある、一軒のカフェだった。

その喫茶店を見て驚いたのは、ほかでもない。——例の、彼の未完の物語を読んでわたしが頭に描いたカフェと、まったく同じ外見をしていたからだ。クラシックな雰囲気、オープンテラス、木製のテーブルと椅子。訪れた客の目を楽しませる色とりどりの花。

つい目を輝かせてしまうわたしに、照れたような表情をした。

「そうもわかりやすく驚いてくれると、嬉しいです。ちゃんと書けていたみたいですね、よかった」

なんだかんだ言っても、やはり二ノ宮はプロなのだ。

ドアベルの音を鳴らしながら入口のドアを開ける。と、店員がこちらを向いて、

「いらっしゃいませ――あれ」

「げ」

なぜか二ノ宮が、渋い顔を浮かべた。

紺のエプロンをした男性店員が、マガジンラックを片づける手を休め、わたしたちのもとへすたすた歩いてくる。そして二ノ宮に話しかけたその口ぶりは、一般的に店員が客へ使うものより、はるかに親密そうなものだった。

「先生じゃん。いらっしゃい」

「……何、お前、今日バイト休みじゃなかったの」

「そんなこと言ったっけ？　今日は普通にシフトだけど――あれ」

二ノ宮の友達だろうか。眉を寄せ、身を引き、明らかに嫌そうな二ノ宮の様子にも彼は動じない。と同時に、二ノ宮の後ろにいるわたしを見てぱっと微笑《ほほえ》んだ。

初対面の挨拶をすべきかどうか迷っているうちに、彼の視線は二ノ宮へと戻ってしまう。

「その子誰？　彼女？　うっそ先生って彼女いたの？　紹介してよ！」

「うるさいのがいるので帰りましょう、左京さん」

「二名様ですね！　こちらにどうぞ！」

店員は二ノ宮の言葉を遮ると、背を押すようにして店内へ連れていった。慌ててその後を追う——店内の様子も未完の物語の描写によく似ていて、わたしたちが通されたのは、偶然にも、物語の中でわたしたちが座ったのと同じ二人がけだった。

店員はにまにまとした笑みを浮かべたままメニューをテーブルに置くと、「ごゆっくりどうぞ！」と元気よく言い残して去っていく。額に手を当てて、ため息をついた。

「まったく、あいつは……」

「お友達ですか？」

「……学校の『知り合い』です」

知り合い。とはいえ店員の彼の振る舞いからすれば、言うほど遠くはない関係なのだろう。これは想像に過ぎないが、二ノ宮にこの店を紹介したのも、きっと。

「ご注文お決まりですかー」

すると先ほどの彼が伝票片手にやってきて、さらに二ノ宮の表情が歪《ゆが》んだ。

いまにも舌打ちをしそうな表情。——あ、した。

「いまからメニュー見ますので呼んでから来てください、店員さん」

「つれないなぁ先生。彼女紹介してよ、彼女」

「彼女じゃねえ。担当編集だ」

「あ、そうなの？　でもなかなかかわいいし、お前好みの――」

「もういいから注文取れ！」

「はいはい」

二ノ宮が鋭く言うも、友人としての付き合いゆえか店員の彼が動じることはない。

のんびりと頷いて、それから思い出したようにこんなことを言った。

「そうだ。お前、今日、パフェとか大量に頼むの禁止な」

「え、なんで？」

どうやら二ノ宮の甘党は友人にもよく知られているらしい。予想が当たった店員の彼は
「やっぱりな」とあきれたように言った。

「このあと貸し切りの予約入ってるんだ。あと三十分で出てってくれないと困る」

そして彼はふいに目を壁に向けた。――壁？

不思議に思ったわたしと二ノ宮が、視線を追う。するとそこには『各種パーティ承ります』の文字と、コルクボードが飾られていた。

A4サイズのコルクボードには、何枚もの写真が貼ってある。ケーキを前に笑顔を浮かべる男の子の写真や、女子会なのか仲良さそうな女性たちの写真、結婚式の二次会らしい写真など様々だ。皆、幸せそうに笑っている。

その一方で、苦い表情を作っているのは、わたしの向かいに座る二ノ宮だ。

「時間ないってわかってるなら、客を入れるなよ」

「だって先生が珍しく女連れでいるからさぁ、ついにお前にも春が来たかと」

「左京さん、注文は！」

自身のプライベートを取引先に聞かれることに、いい加減耐えかねたらしい。指示され、わたし《わたし》はメニューにさっと目を通す。作品と同じカプチーノを頼みたかったけれど、残念ながらこの店にはなかった。だからわたしはカフェラテを頼み、二ノ宮は「同じで」とぶっきらぼうに言った。

店員の彼が去る。二ノ宮は目を軽く伏せ、口元を隠しながら、ふてくされた様子で「まったく」とうめいた。

「今日はいないって聞いたと思ったから、来たのに」

「……先生っていうのは、あだ名？」

「そうです。作家業を始めたら、あいつらこぞってそうやって呼び始めて……いや、いいでしょう、僕の話は！」

「えー。二ノ宮先生の交友関係、もっと知りたいです」

「からかってますね、左京さん」

「うっふっふ。ええまあ」

彼の恥ずかしがるところなど、なかなか見られたものではない。

他にどうからかってやろうかと考えるが、それより二ノ宮がわたしへ原稿を突き出す方が早かった。鞄から取り出された、解決パートのない未完の物語。

「そんなことより、考えてください。仕事が進まなくてもいいんですか」

それは困る。頬が緩むのをなんとか抑えながら、わたしは原稿を受け取った。

わたしが蛍光ペンやら赤ペンやらで、あちこち書き込んだ原稿。色をついた部分を含め、もう一度原稿を読み返して、気づく。――そういえば。

先ほどのコルクボード。物語に出てくるカフェはこの店によく似ているけれど、壁のコルクボードの描写はない。物語の内容に関係ないから書かなかったのか、それとも何か意味があって敢えて隠したのか。

物語の中のカフェに書かれた違和感。二ノ宮の書いた原稿と実在のカフェの差。

なんとなく、わかりそうでわからないむずがゆい気分、何かを見落としているような気分になる。もう一息ですべてつながりそうなのだけど、何か一つが足りなくてつながらない。さて、「どうして彼氏は店員の彼に怒ったのか？」

目の前の、水の入ったグラスがじんわりと汗をかいている。

わたしがもう一度、原稿に目を落とした――そのとき。

「お待たせしました」

声がして、わたしははっと顔を上げた。先ほどの店員の彼が、コーヒーカップを二つ載せたトレイを持って立っている。

「あ、ありがとうございます」

原稿を引いて、場所を開ける。カフェラテが一つ、わたしの目の前に置かれ――

そしてわたしは、「それ」を見た。

「……あっ！」

「あ、えっと、すみません。どうされましたか？」

「え、あ、ご、ごめんなさい。なんでもないです！」

わたしの声に目を丸くする店員へ、わたしは慌てて頭を下げた。彼は「そうですか」と笑うと二ノ宮の前にも同じカフェラテを置いた。

「それではごゆっくり。……とも言いにくいんだけど」

「大丈夫。すぐ済ませるから」

笑顔の二ノ宮に、店員の彼は「悪いな」と答えて離れていった。

しかしそれは、彼を気遣っての言葉ではない。もう、さほどの時間は必要ないのだ。なぜなら、

「左京さん。わかったみたいですね？」

「はい」

不敵に笑う、ほどに自信があるわけではないけれど――

二ノ宮に向け、深く頷いてみせる。

「先生の書いた物語、すべてにつじつまの合う『解決パート』を考えつきました」

わたしの言葉に、二ノ宮の表情が嬉しそうに和らいだ。

「聞かせていただきましょう」

二ノ宮はノートを取り出して、テーブルに開いた。しかし店員の彼の視線を感じたか、苦笑いを作り、

「手短に済ませましょうね」

「大丈夫です。すぐ終わらせます」

水のグラスを取って、口を軽く湿らせる。

そしてわたしは、話し始めた。

「まず、物語の中で与えられたクエスチョンである『彼氏はどうして怒ったのか?』。この答えを出す前に、他のことから読み解いていこうと思います。——物語の中には、いくつかの不思議な事項があることに気づきました」

わたしは原稿に目を落とした。蛍光ペンでマークした部分を順に読み上げる。

「挙げていきます。まず『カフェの外にある黒板の下半分は、どうして空白の状態だったのか』それから、『どうして甘党のカダンがコーヒーに砂糖を入れたがらなかったのか』」

「はい。それから?」

「『当初砂糖を入れたがらなかったはずのカダンは、どうして気が変わって砂糖を入れたのか』。『酒を出さないのにカクテルの道具があるのはなぜか』。この四つ、と……これは、作中ではなく、このカフェに来てから気になったことなんですが、『モデルのカフェには コルクボードが飾られているのに、作中のカフェにはなぜないのか』。ついでに——この

物語をお書きになったときの二ノ宮先生が、作中のカフェにコルクボードのことを描写しなかったのはなぜか」

すると、二ノ宮が眉を寄せた。

「後の二つは、作中の謎とするにはやや強引ですね。物語を書いたときの僕が、『物語に登場しないものを敢えて書く必要はない』と判断しただけの話かもしれないでしょう。モデルの店とは変えたりすることだってありますし、単に描写として不要だから切り捨てたという可能性もあります」

「そうかもしれません。だから、その二つは取り敢えず脇に置いておきましょう」

作中の不思議な点、実はもう一つあるのだけれど、それもまた当座の問題ではないから、横に置いておく。

「他の四つの謎。……まず、酒類を提供しないのになぜかカクテルの道具があったこと」

あったのは、カクテルピン――サクランボやオレンジなどを刺して、カクテルグラスに添えるあれ。金属製の、長い爪楊枝《つまようじ》のようなもの。

二ノ宮がペンを置いた。

「左京さんの言う通り、カクテルピンがカフェにあったとしましょう。だとして、どうなります？　例のカフェが酒類を提供しないのは変わらないことですが」

つまりそのカフェでは、酒を提供するために置いていたのではないということだ。カクテルピンの、カクテル以外への用途、それもカフェで提供されるものとして有名なものを、わたしは一つ知っていた。

「デザインカプチーノに使うバリスタもいます」

わたしの言葉を聞きながら、二ノ宮がシュガーポットを取った。スプーンに盛られたそれを見るに、この店の砂糖はふつうのグラニュー糖らしい。カップに山盛り一杯の砂糖を入れる。それを見ながら、わたしは続ける。

「ラテアートっていくつか種類があるんですよね。ピッチャーからスチームミルクを注ぐときに、注ぎ方を変えることで葉やハートの絵を描くものや、泡を積んで立体的に作るもの、それから――ミルクで作った白い表面に、先の細いピンなどを使って絵を描く、デザインカプチーノ」

うさぎ、熊、猫、その他もろもろ。コーヒーにかわいらしい絵を描く技術。

ちらりと二ノ宮を見る。その視線に気づいた彼は「厳密には、ラテアートとデザインカプチーノは違うものですよ」と言ったが、わたしはコーヒーの専門家ではないし、そこは今回深く掘り下げる話題ではない。その知識は、他の作品で活《い》かしてもらおう。

「いまはデザインカプチーノ専用のピンも売っているようですね。……本来あのカフェで提供されるカプチーノには、絵が描かれているはずだった。そう考えると、カダンの行動も腑《ふ》に落ちるんです」

「砂糖を入れにくい、って言ったことですね」

「はい」

物語のカフェでコーヒーの味を変えるために提供されていたのは、この店とは違い、角砂糖だった。

それをカプチーノに放り込むとなれば、描かれた絵は当然、崩れてしまう。飲み進めていけばいずれは壊れてしまう絵だとしても、届いて早々に自分の手で壊すのは誰でも気が引けるだろう。

また、作中でコーヒーを飲んだ『私』は、その味をおいしいとは言わなかった。それは『私』のコーヒーの味に対する理解が足りないからではなく、特筆するほどの味ではなかったからかもしれない。しかしカフェは、雑誌に載るほど名が知れている。となるとあのカフェで評判になる理由は別にあったのではなかろうか——と考えるのは後づけが過ぎるだろうか。

二ノ宮は再度ペンを取り、ノートにメモを取りながら「なるほど」と言った。

「それほどまでにデザインカプチーノが有名なお店で、出てきたのは普通のカプチーノだった。それで彼が怒ったと左京さんは推理なさった、ってことでいいですか？」

「……それでもいいんですけど」

物語として多少強引かもしれないが、それでも筋は通る。しかし、

「それならカプチーノが出てきたところで、店員に一言言えばいいような気もします。彼女の前でそんな懐の小さいところを見せたくなかった……とかいう理由にするのも、説得力に欠けます」

「となると」

「彼氏さんには、このカフェでデザインカプチーノを出してもらわないとならない理由があったんじゃないでしょうか？」

その、理由とは。

「……ここで現実に戻ってきます。先生はこのカフェにいらっしゃって、店内を見て、作品へのヒントを思いついた。でも、『それ』の存在は、自分の考えた事件に対するヒントが過ぎると思って、作中には登場させないことにした。それが……」

「コルクボード、ですか」

わたしは頷いて、貼られた記念写真を見る。皆、幸せそうに笑っている。男の子の誕生日祝い、仲良しグループの女子会、それから……

「……彼氏さんは、このカフェで、プロポーズをしようとしたんじゃないでしょうか？」

花嫁と花婿を中心にした、結婚式の二次会の写真。

「それを考えれば、もう一つの疑問点も解消されるんです」

「他にも謎がありましたか？」

「はい。彼らの案内された席には『Ｒｅｓｅｒｖｅｄ』――予約席の三角プレートが置かれていました。彼氏さんはこの店を予約していたわけです。普通、予約を取っていたなら、『予約していた誰々です』と言うのが普通じゃないですか？　なのに」

「なのに、ただ『二名で』と言った。……彼女に悟られたくなかったわけか」

予約をし、事前に店員と仕込みを行っていたことを。

カプチーノには、「Will you marry me?」なんて、プロポーズの言葉と花束なんかの絵を浮かべてもらう算段だったのだと思う。

もしかしたら、カプチーノではなく、彼女にすすめていたパンケーキにも描いてもらうつもりだったのかもしれない。デザインカプチーノは、チョコレートなどを使って細かい絵を描くこともある。パンケーキに同じことをするのだってできただろう。

「普段は黒板の下半分にはケーキなどの絵を描いていた、といったところでしょうかね」

「はい。ただ、通常お店でデザインカプチーノを作り、黒板に絵を描いていた……絵の描ける店員が、その日、急病で倒れるか何かしたんじゃないでしょうか。それで、カプチーノや黒板に対して対応ができなくなった。そんな中、カップルが店に来てしまった」

もう一度、原稿を読み返す。最後に店員に詰め寄る彼の手には、黒い何かが握られている。きっと、指輪を収めたジュエリーケースだ。

ノートを書き終えた二ノ宮は、ふーぅ、と長い息を吐いた。その表情からは、何も読み取れない。

しばらくののち、彼が口を開いた。

「この件、彼氏にはまったくの不運だったたってことですね」

「はい。……そんな感じでいかがでしょうか、先生」

背筋を伸ばして、問いかける。わたしの考えた結末は、彼のお眼鏡に適《かな》ったろうか？

二ノ宮は――

わたしに向けて、にっこりと笑った。

「ありがとうございます、左京さん。面白い解決編が書けそうです」

よかった。無事、仕事が進みそうだ。

ほっと一息、わたしはカフェラテを口にする。白いミルクの中に描かれたかわいい小さなハートは崩れ、温度もぬるくなっていた。


「よう、左京。二ノ宮のやつ、なんとかなったか？」

二ノ宮の「解決パート」を考えてから、二日後。

わたしがオフィスへ出社すると、いかにも面白いものを見つけたとばかりにわたしに声をかけてきた人がいた。――作家二ノ宮花壇の先代担当編集にしてわたしの先輩、高山だ。

言われて、あの日のわたしの、頭の忙《せわ》しなさを思い出す。本来の疲れこそ引いたものの、げんなりとした気分で「ええ、まぁ」と答えた。

引き出しから当日使った原稿を取り出し、机の上に置いて示しながら、

「先生はやっぱり『いつものアレ』でしたけど、おかげさまで『解決パート』を思いついてことなきを得ました。原稿は、そんなに待つことなく送られてくることと思います」

「へぇ。……それ、読んでもいいか？」

「どうぞ」

差し出す。彼は缶コーヒーを傾けつつ「ん」と言って受け取った。

わたしが考えた「解決パート」は、裏面にわたしが赤ペンで書いている。箇条書きで記したそれはあくまで要約で、文章の態《てい》など成してはいないが、それを面白い物語に仕立て上げるのはわたしの仕事ではなく作家の業《わざ》だ。

高山はまず二ノ宮の作った「出題パート」を読み、さらに原稿を裏返して、わたしの雑な字で書かれた「解決パート」に目を通す。裏面まで読み終えて――

そして彼は「ふふん？」と面白そうに鼻を鳴らした。

ただ、なぜだろう。その反応には若干のいやらしさのようなものが含まれていて、

「なんですか、高山さん。文句がありますか」

つい、棘《とげ》のある口調で尋ねてしまう。

すると高山は「いや、悪い」と謝罪した――しかし。原稿を握ったままの右手を軽く振り、彼はわたしにこんなことを告げてくれた。

それは、わたしが予想だにしていなかったことだった。

「左京。お前の『解決パート』、穴があるぞ」

「えっ？」

「だって、考えてみろよ」

彼はわたしの目の前に、「出題パート」の方を上にして原稿を広げる。続いてポケットからシャーペンを取り出し、カチカチと背を押して芯を出すと、一部を丸で囲んだ。

それは「Ｒｅｓｅｒｖｅｄ」、カップルの予約席を示す文字。

「カップルの彼氏は、彼女にそうと気取られないように振る舞ってこそいたが、実際にはきちんとその店を予約していたんだろう？」

「はい」

「店の関係者の立場になって考えてみろ。……その日、その店の絵を描く担当がラテアートの担当も兼ねていたとして、そいつが急病で倒れた。店の黒板の絵を描く時間すらなく倒れたとしたなら、それは開店前、朝方だろう。おまけに、カップルが茶を飲みに来る自然な時間帯としては、昼前あるいは午後。ラテアート担当が倒れた時間からカップルが訪問する予約時間までには十分に時間がある。つまり」

「……ああ！」

そこまで言われて、わたしも気づく。

担当の店員が倒れたのが朝。それなら――

「お前が推理したように、店員がその日の朝、急病で倒れたのだとするなら。予約の客に、『当日の連絡で申し訳ないが、対応ができなくなった』と電話を一本入れるくらいの時間はあったんじゃないのか」

カップルの彼氏はその店を、プロポーズの場所として選んだ。

それは彼の人生において一大イベントだ。その相談を受けた店側が、不測の事態を考えて、彼氏と連絡先を交換していないはずがない。

「つまり——」

「一連のことをただの『彼氏の不運』と結論づけてはいけない。『どうして彼氏は店のアクシデントを知ることができなかったのか』、そこを考えて補足してやらなきゃ、お前たちの物語は成り立たないということだ」

本当は、そんな端的な一言で終わらせてはいけなかったのだ。

血の気が引く音が、聞こえるような気すらした。

「補足、補足って、高山さん、どうやって」

「いや、知らんけど」

「そんなぁ」

わたしの情けない顔を見て、高山は一度言葉を切り、自分の顎を撫でた。

しばらく黙考し、「……じゃあ」と、嫌そうながら口を開く。

俺のはあくまで一案として聞けよ、と念押しする高山へ、わたしは大きく縦に首を振った。一案でも二案でも何でもいい、わたしの不足が解消されるなら！

高山は、原稿を筒状に丸めてわたしに差し出しながら、こう言った。

「……すべては『彼女がその日、そのカフェでプロポーズされるのを嫌がったから』っていうのはどうだろう」

プロポーズされるのを——彼女が？

丸まった原稿を両手で受け取り、尋ねる。

「だとしたら、この物語は……」

「筋書きとしてはこうなる。……彼氏の計画は、あくまで『サプライズ』だ。彼氏は一生懸命、当日の仕込みのことを彼女に隠していただろう。しかしその日の朝、彼女と同棲《どうせい》している彼氏の携帯に、登録されていない電話番号から電話がかかってきた」

想像する。

二人が住むマンションだかアパートだかのリビングで、鳴りやまない彼氏の携帯電話。彼氏は風呂かトイレか、彼女が呼んでも彼は一向にリビングに現れず、彼女は仕方なく、代わりに電話を取る。

それはあるカフェからの予約の確認の電話で、内容は――

「彼氏がたまたま席を外していて、あまりに長くコールが続いたため、彼女が代わりに電話を取った。電話の相手はとあるカフェを名乗り、内容は『店員の一人が何らかの理由で不在となり、本日の特別予約への対応ができなくなった』という連絡だった。当然彼女は、カフェの予約のことなど知らない。電話口で謝罪する店員を宥《なだ》めつつ、どういうことかそれとなく聞き出すと、彼氏がその日、その店に、プロポーズに関係する予約を入れているという」

「……待ってください、高山さん」

まるでカップルの様子を見てきたかのように、彼らの様子をつらつらと語る高山。しかし、それにも不可解な点があって、わたしは高山の語りを止めた。

「どうした？」

「店員は、彼らが来たとき、『Ｒｅｓｅｒｖｅｄ』の三角プレートをこっそりと取りました。つまり、彼氏が頼んだそれが、サプライズの計画だということは店側もわかっていたんじゃないですか。いえ、もし知らなかったとしても、プロポーズのための予約をしているなんてこと、彼以外の人にあっさり教えるなんて――」

「原稿に書いてあったろ」

わたしの反論にも、しかし高山は動じない。小指で耳を掻きながら、

「店員は『不慣れ』だ」

カダンとマコトの注文を取るのにも、手間取っていた店員。

……そこでその要素が来るのか！

「あるいは彼女が店員に『実は全部知っているの。だから私に話してもらって大丈夫よ』とか、うまくカマをかけたのかもしれない。とにかく彼女は、そのことを、言葉巧みに店員から聞き出した」

「ですけど、そうだとしても」

わたしがもう一度止めると、高山はさすがに嫌そうな顔をした。

だけどわたしは、わたしの推理の穴を間違いなく埋めければならないのだから、彼の表情や機嫌など気にしている場合ではない。抱いた疑問を投げかける。

「彼女がその電話で、プロポーズの対応だけをキャンセルしなければならない理由はあり

ません。そのときに彼女が、店の予約自体をキャンセルして、そのまま『そういう電話があった』と彼氏に伝えれば……」

「考えろ。彼氏はプロポーズが不可能となった結果、何をした？」

何を。それは書かれていない……いや、一つだけ確かに書いてある。

「……店員を怒鳴りつけた？」

「そう」

高山は頷いた。

そのとき彼氏は、荒々しい語調で、厳しい様子で。

「彼氏の性格を知っていた彼女は、『プロポーズの計画が狂った彼氏はきっと、店員にすさまじい勢いで苦情を言うだろう』と考えた。まぁ、一世一代の覚悟を決めた大舞台を他人のミスで台無しにされたら、誰だって怒るかもしれないけどな……どちらにせよ。だからこそ、彼女はそうしたんだ」

「なんで、そんなことを……」

「会計をしている彼氏がなかなか店から出てこない。店内を覗《のぞ》くと、彼氏が店員を激しく詰《なじ》っている——それを見た彼女が言う。『どんな理由があったか知らないけれど、店員さんをそんな風に怒鳴りつけるような人とは付き合っていけないわ！』」

わざわざ甲高い声で女性のそれに似せたのは、空気を和ませるつもりだったのだろうか。

けれど、わたしの頬は自分でもわかるほどに強張《こわば》ったままで、だから彼は一つ咳払いをした。そして――

こう、最後に落ちをつけるのだ。

「『彼女へのプロポーズを目論んだ彼氏。その一方で彼女は、彼氏と別れるための口実を探していた』なんてのは、物語としても綺麗《きれい》に嵌まってるんじゃないか？」

高山の補足が終わり。

わたしは原稿を握ったまま、がっくり肩を落とした。

結局のところ、わたしが推理し、二ノ宮に語ったことは、物語を成立させるには足りていなかったということだ。力不足を痛感して、涙混じりのため息が漏れる。

……もしここが自宅だったら、わたしはずっと落ち込んだままでいただろう。ここにいたのがわたし一人であったなら、頭を抱えてデスクの下で丸くなっていたかもしれない。

けれど――

ここは職場で、隣には高山がいる。

続く彼の言葉が、わたしを現実へ戻した。

「さて、二ノ宮はこのことに気づいたかな。どうだろうか」

そうだ、わたしのショックなんてどうでもいい。

いま大事なのは、それを解決編として書く彼のことだ！

「に、二ノ宮先生に連絡を……！」

パソコンの電源を入れながら、メールにするべきか、それとも電話かと考える。慌てたわたしが鞄から携帯電話を取り出すのと、パソコンの画面にメールソフトの通知が表示されたのはほとんど同時だった。

新着、一件。

受信メールの差出人はちょうど噂《うわさ》をしていた彼。タイムスタンプは、昨晩遅く。わたしは慌ててそのメールを開いた。そこにはこう、書かれていた。

「お世話になっております。先日はお知恵を貸していただき、ありがとうございました。おかげさまで、原稿ができあがりました。ご確認のほどお願いいたします」

わたしは泣きたい気分になる。そのプロットでは足りていないのに！

添付の文書ファイルをクリック、開くのをじれったい思いで待つ。

表示されるまでの時間は体感で何時間にも思えたが、実際にはそこまでかかっていなかったろう。速読には自信があった。急いで文章に目を通す。主人公たちはカフェに――ではなくて――大学……授業……紛失したテキストの在り処《ありか》……あれ……？

手元の原稿を見る。もちろん、カフェで出会ったカップルの話が書かれている。

表示されたワードファイルを見る。大学で起きた不思議な出来事から端を発した、一つの事件が書かれている。スクロールして最後まで読み切ってみるも、カフェなんて単語はどこにも書かれていない。

つまり。夢でも見ているかのような気分で、わたしはそれの意味するところを口にした。

「この間の原稿は……出題パートも含めて全部ボツ……？」

「おや？」

ディスプレイを覗き込んだ高山が、面白いものを見たように言った。

送られてきた原稿データには、この間わたしが読み、唸り、頭を悩ませた原稿と、まったく違う物語が記されていた。洋風のレトロなカフェも、カプチーノも出てこないし、プロポーズに失敗したカップルもいない。

書かれているのは男子学生を主人公とした物語で、大学で起きた奇妙な事件を追い、解決し、最後にちょっとだけ笑える冗談の落ちが入れられている。

二ノ宮の文章の持ち味が活かされた、いかにも「作家・二ノ宮花壇」らしい物語だ。これはこれで、面白い。

だけど。

わたしは無言で、携帯電話を取った。画面を操作し、「二ノ宮花壇」と登録された電話帳をタップして、発信、耳に当てる。

ルルルル、ルルルル、とわたしの焦りをあざ笑うような呑気《のんき》な音を長らく聞いて——五回めのコールでつながった。

が、何も聞こえてこない。

「もしもし。二ノ宮先生、もしもし？」

「……もしもぉし」

声をかけるとようやく、間の抜けた声が電話口から返ってきた。

ただ、今日のそれは少しかすれている。風邪をひいたというわけではなく、どうせ、いまのいままで寝ていたとかそういう理由だろう。こちらの焦りも知らずに！

早口になりかけるのをぐっと我慢して、わたしは二ノ宮に挨拶をした。

「お世話になっております、左京です。いま、お時間よろしいですか」

「んあぁ、どうぞー」

その許可も若干寝ぼけている。

が、気にしないようにしてわたしは続けた。

「まずは原稿、ありがとうございました」

「いやーとんでもないです、それが仕事なんで。だけど昨日の……あ、今日か。今日の二時半にようやく書き終わったんですよ、眠い目ぇ擦《こす》りながら夜中までかけて書いたんで、そこはちゃんと褒めてくださいね」

とは言うものの、二ノ宮が宵っ張りな性質《たち》であることは、短くない付き合いの中でわかっている。だから気にかけず、別のことを尋ねた。

「ちなみに、本日の授業はどうされてるんですか？」

「そこはあれ、『自主休講』ってやつですねぇ」

だって眠いんだもん、と電話の向こうでへらへら笑っている。ダメ学生め、などと思うが現在の問題はそこではない。

咳払い一つ。

そして本題に入る——原稿のこと。カフェを使った物語のこと。

「ところで、先日お話しさせていただいたカフェの話は、いまいただいた原稿に使われていないようですが、どうしてでしょうか？」

「えっ、だって」

しかし返されたのは、驚きに満ちた声。まさかそんなことを聞かれるとは思っていなかったかのような。

だけどわたしには、そうも奇妙なことを聞いたという自覚はない。

黙って答えを待つ。すると二ノ宮は何を当然のことばかりに、こう言った。

「あのカフェの話より、送った原稿の話の方が、面白いかなって思って。変えました」

……なんてこと。

わたしは頭を抱えたくなった。

まだ深く読み込んでこそいないが、届いた原稿の内容は決して否定できない。原稿は、彼らしい持ち味を活かした物語で、確かに面白いものだった——しかし。

しかし、だ！

「じゃあ……じゃあ、ですよ」

「うん？　はい」

「先生が推理パートを忘れて〆切ぶっちぎった数日間と、推理パートを考えるためにわたしが散々悩んだ時間は、ぜーんぶ無駄だったことですか?」

「あっ」

言われて初めて気づいたとばかりに、二ノ宮はすっとんきょうな声を上げた。

……お互い、沈黙。

それから。

「あははははは」

「んふふふふふふ」

二ノ宮の作り物めいた笑い声に、わたしの乾いた笑い声が重なる。

再度、沈黙。

──それから。

「じゃあ僕もうちょっと寝るんで原稿の確認よろしくお願いしますね。失礼しまーす」

「あっ先生まだ話は終わってな──」

ぶちん。

早口の挨拶ののち、唐突に電話は切れた。

急いでリダイヤルするも、「おかけになった電話番号は、電波の届かないところにあるか……」と機械的な音声が流れるだけ。どうやら電源をオフにされたようだ。

つながらない携帯電話を机の上に投げながら、大きなため息が出た。

「まったく……あいつはっ!」

くっくっく、と押し殺したような笑い声。

高山だ。振り返り睨《にら》みつけると、彼は我慢ならなくなったとばかりに腹を抱えてげらげら笑いだした。

「いやぁしかし、いつも思うが、お前もつくづくあいつに懐かれてるな」

「これの、どこが、『懐かれてる』ように、見えるんです、かっ！」

八つ当たり気味に——気味、というかまさしくそのものだ——高山へ叫び、そしてわたしはパソコンのディスプレイに目を向ける。

先日さんざん悩んだカフェのくだりこそ使われていないものの、表示された原稿には確かに、彼らしい文章で、破綻のない物語が活き活きと綴《つづ》られていて。

……だからこそわたしは彼のことを、ますます「とんだクソガキ」と思うのだった。

二　うちの作家は書評を好かない

「はい、……はい。では、お待ちしていますので。よろしくお願いいたします」

　時刻は昼過ぎ、和賀学芸《わがかくげい》出版のオフィスにて。わたしは担当作家と電話をしていた。

　電話相手の「担当作家」は、二ノ宮花壇《にのみやかだん》。仕事上必要な資料が届いたので、本日郵送の手配をしますという業務連絡だったのだけれど、大学の授業の関係でたまたま近所にいるから帰りがけに寄るという。

　わたしとしてはどちらでも構わなかったが、早く確実に手渡せるのは嬉《うれ》しいことだ。

　――二ノ宮が来ると知ったら、高山《たかやま》はもしかしたら会いたがるかもしれない。

　わたしの先輩であり、二ノ宮の先代担当編集でもある高山。彼にも来訪を伝えておこうと隣の席を見ると、彼はキーボードを叩《たた》きながら大あくびをしていた。

「あの、高山さん」

「何？」

「二ノ宮先生にちょっとお渡ししたいものができたので、いまご連絡したんですが、夕方頃、こちらにいらっしゃることになりました」

「ふうん……」

　彼は目を擦《こす》り、いかにも眠そうな目でディスプレイを眺めながら、

「新作の見本が上がってきたにしちゃ、時期が変じゃないか」

「原稿を一つ。書評を書いてくれないかって依頼をもらったんです。二ノ宮先生に」

「書評？　あいつに？」

「はい」

わたしが高山に伝えたのは、再来月我が社からデビューする新人作家の作品タイトル。大学を舞台にした青春ミステリ作品で、二ノ宮の得意とするジャンルと被っている——「敵に塩を送るみたいで嫌なんですけど」と思いきり渋ったのを、なんとか受けてくれないかと頼み込んで了承をもらった案件だ。

机の端に置いた、件《くだん》の作品の原稿をちらと見る。二ノ宮に首を縦に振らせるのは苦労した。

「高山さんも会いますか？　二ノ宮先生」

高山はちょっと考えて「気が向いたら」と言った。

「今日の俺は超絶眠いんだ。これが終わったら帰りたい」

「昨晩、遅かったんですか」

「それなりに」

答えながらもキーボードを叩く速度は落ちない。さっさと片づけたいという雰囲気そのものである。邪魔しない方がよさそうだ。

わたしは自分の仕事をしようと、改めてパソコンに向き直った。

すると。

「おい、左京《さきょう》」

高山に名を呼ばれた。もう一度彼の方を向くことになる。

「どうしました？」

「二ノ宮の、先代担当編集としてのアドバイス。その原稿渡すとき、必ず『二ノ宮花壇《あいっ》らしい書評をお願いします』って言い添えておけよ」

「え？」

どういう意味だろう。

しかし高山に説明する気はないようで、「言えばわかる」と答えるだけだった。ふわあ、と大きなあくびをして、そのあくびはわたしにもうつった。


「左京さん、来ましたよー」

二ノ宮がオフィスに現れたのは、夕方——というには少し早かった。午後三時頃のこと。わたしがちょうどおやつのシリアルバーを齧《かじ》っていたところに現れたものだから、恥ずかしさにうっかり悲鳴を上げかけた。

引き出しの中にお菓子を片づけ、編集部の入口でひらひら手を振る二ノ宮のもとへ急ぐ。

二ノ宮は「こんにちは」とにっこり笑った。

「授業の帰りなもので、ラフな格好ですみません」と言うが、パーカーとジーンズ、黒い大きめのショルダーバッグという大学生らしい出で立ちにさほど違和感は覚えない。というよりも彼の場合、むしろスーツや礼服を着ている方が違和感がありそうだ。

「近くに来たら一度電話してくださいって言ったじゃないですかっ！」

「いやぁ、オフィスのすぐ外でちょうど編集長に会って、入れてもらえちゃったんで。中は勝手知ったるですし、お忙しい左京さんの手を煩わせることもないかなと」

「……もう。会議室へお願いしますっ」

もう少し遅い時間に来ると思っていたから、ろくな準備ができていない。

おまけに、思いきりお菓子を齧っている姿も見られたし。恥ずかしくて仕方がないが、事前連絡がなかったことは彼なりの気遣いだったというのなら、文句も言えない。

「あ、そうだ、左京さん」

「……なんですか」

「ビーバーみたいな勢いでシリアルバー齧ってましたけど、お腹空《なかす》いてたんですか？」

「ほっといてください！」

気遣いゆえではない気がする！　とても！

顔が熱くなるのを自覚しながら大股で廊下をズンズン歩いていくわたしに、彼は遅れることなくついてくる。

打ち合わせ室のドアを開け、二ノ宮を席に通してから引き返し、わたしは預かった新人作家の原稿と、茶を入れたカップを持って戻った。

「お待たせしてすみません」

「いえ」

二ノ宮は何を調べているのか、携帯電話の画面を人さし指でなぞっている。しばらく何かの操作をしてから、画面を消してテーブルに置いた。

わたしはカップと原稿を二ノ宮に差し出して、

「こちらがお願いしたい作品です」

「はいはい。確かにお預かりしましたよ。で、いつまでに提出すればよろしいですか？」

「来月の末日までにいただけるとありがたいです」

「承知しました」

原稿を渡すと、彼は笑顔で受け取った。あれだけ書評の依頼を嫌がっていた人と同一人物とは思えないような気のよさ。

どんな心変わりがあったのかと尋ねてみると、彼は爽やかにこう言った。

「左京さんの熱心な説得に心打たれまして」

嘘《うそ》くさい。

……と思いながらも、「心打たれた」の一言に頬が緩みそうになるのだから、わたしもたいがい単純だ。笑顔になりかけるのを隠すため、唇をきゅっとすぼめた。

そんなわたしに構わず、二ノ宮はぺらぺらと原稿をめくって、

「書評。僕の好きなように書かせていただきますね」

「はい。……あ、そうだ、一点お願いしたいことが」

「なんですか？」

「こちらの書評なんですけど、『二ノ宮花壇らしい書評でお願いします』ね」

どうしてこの一言が大事なのかはわからないままに、わたしは高山の言葉をそのまま使って伝える。

すると。――なぜだか。

二ノ宮は眉を寄せ、口を歪《ゆが》め、あからさまに不機嫌な顔をした。

「……へぇい」

「え、なんで嫌そうなんですか」

あまりの変わりように驚いて尋ねると、彼は力のない人さし指をふらふらさせながらこう言った。

「だってそれ、高山さんの入れ知恵でしょう？」

ばれていた。

わたしが答えないことを肯定と取ったようだ。「まったく」と茶を啜《すす》り、

「あの人が担当だったときも、そういう依頼をもらったことがあるんですよ」

「はぁ」

「で、めちゃくちゃ気乗りしなかったんで、引き受けるだけ引き受けて、〆切《しめきり》ぎりぎりに『いかにこの物語が駄作か』ってことをつらつらと書いて提出したら、あの人にしこたま

怒られました」

なんということか。

「そりゃ怒るでしょう、高山さんだって」

「ええ。――『誰も正直な読書感想文を書けとは言ってない』って」

それでは高山も、暗に「駄作だった」と言っているわけだが。

「あ、その作品の名誉のために誤解しないでいただきたいんですが、あの物語はあくまで『当時の僕と高山さんの感覚にはそう感じられた』というだけのことです。世間的には面白いのかもしれません。刊行後もたいして話題にはなりませんでしたが」

フォローになっているのかなっていないのか、わからないことを言う。

が、いま話すべきは、彼らがコンビを組んでいた頃に関わった哀《あわ》れな小説のことではない。

「ってことは、さっきの高山さんの『二ノ宮花壇らしい』ってのは」

「『外向きの顔で書け』ってことですね。本音の読書感想文じゃなく、二ノ宮花壇の評判と社会的評価とかも考えて、作品を見事に褒めちぎった文章を書け、っていう釘刺《くぎさ》しですよ」

つまり、もしもわたしが今日、それを伝えていなかったら――高山のアドバイスがなかったら、今回のわたしはいつかの高山の二の舞になっていたということか。

想像する。〆切数日前、先生はきちんと書評を書いてくれているだろうか、いつ出してくれるだろうかとやきもきし始めるわたしのもとに二ノ宮から届くのは、とても紙面には載せられないとんでもない書評――

血の気が引くわたしに、二ノ宮が「ご安心を」と笑った。

「すでにばれているいたずらを実行するのは面白くないですし、仕方ありません。書評はきちんと『二ノ宮花壇らしいもの』を書かせていただきます」

事前に忠告してくれた、高山さままである。

よかった、と安堵《あんど》のため息をついた直後。

「た、だ、し」

意地の悪い笑みで二ノ宮が口にしたのは、条件などを付け足す接続詞。

嫌な予感しかしない。

「……ただし、何ですか」

「この間、ちょっとした物語のプロットを考えたんですけど――」

携帯電話を握り、軽く振りながら、こう言った。

「『いつものあれ』で」

「やっぱりですか……」

げんなりと肩を落とすわたしに「酒はやっぱり悪い文化ですね」と体を揺らして笑った。

「で、書評を書く代わりに、いつも通り、推理を考えてくれということですか」

「話が早い。はい、お願いします」

二ノ宮がわたしに差し出したのは、黒いカバーを纏《まと》った携帯電話。わたしが席を外していた間に操作していたのはこのためかと察して、げんなりとした思いで受け取った。

画面に表示されていたのは、携帯電話に標準搭載されているメモ帳アプリ。

「拝読します」

「はい、どうぞ」

わたしはメモ帳アプリを、人さし指でスクロールしていく。

それは、前回のカフェの一件のとき提出された物語と、同シリーズの物語だった。雑誌読みきりだったはずのあの物語は意外にも好評を博し、シリーズ化が決まったのだ。

シリーズ化。それ自体はとても喜ばしいことだが、

「……登場人物が自分と同名って、ちょっと気恥ずかしいですね」

アプリに記された文章を読みながら、わたしは呟《つぶや》いた。

カフェで二人で考えたあの物語そのものはすべてボツになってしまったけれど、なぜか二ノ宮は、わたしがその場でつけた登場人物の名前だけは気に入ったようで、原稿に本採用してしまった。カダンとマコトの推理コンビ。

女性作家説のある二ノ宮と同名の登場人物が作中に男性作家として書かれることで、彼を女性と思っているファンが違和感を抱いたりしないだろうか。そう懸念もしたけれど、蓋を開けてみると「それはそれで面白い」という好意的な感想が多かった。

また、二ノ宮本人も「作者と作中人物が同じ名前の小説、一度書いてみたいと思ってい

たんですよ。好評で嬉しいなぁ」といたく嬉しそうだ――が、そんな憧れなど一切なかったわたしとしては、巻き込み事故に遭ったような気分である。

まったく。ため息をつきながら、携帯電話の画面を動かす。

――綴《つづ》られた物語は、偶然か、狙っていたのか、これまた『読書感想文』の話だった。

＊　＊　＊

「カダンさんが初めて書いた文章って、どんなものだったんですか?」

あるとき、打ち合わせのためカダンと訪れたカフェでそれが話題となったのは、特に何か深い意味があってのことではない。ただの雑談の延長線で、ただの私の興味だった。

カダンはショートケーキのクリームだけを掬《すく》い、口に運んで、私の質問に考える。

「文章。小説とかそういうのではなく、作文という意味では……幼稚園児の頃。五歳のときですね」

「早いですね。その頃から文才がおありだったんですか?」

「まさか。ようやくひらがなを書けるようになった頃です、子どもの遊びですよ。そう、あれが最初だな。覚えてます」

フォークをこぶしを作るようにして握り、小指側を下にして動かした。「クレヨンをこう握ってですね、ぐりぐりと」と。

「たまたまその日、兄が小学校の宿題をやっていたのを真似《まね》て、紙に文字を書いたんです。……そういえば、いま思うと、あれもなんだか不思議なんですよね」

「不思議？」

「ええ」

カダンは腕を組み、窓の外を見た。

白く薄い雲が広がって、切れ間から青空が覗《のぞ》いている。

「あれは確か、とても暑い日でした。そう、濃い青空にもくもくと入道雲が出ていて、夕方にはひどい雷雨だったのを覚えています」

当時のことを思い返すようにゆっくりと、カダンはそう話し出した。

「ことの始まりは午前中、十時前くらいでしたか。僕は朝ごはんを食べたあと、リビングでテレビを見ていたんですけど、母親に『お客さんが来るからお部屋に行っていなさい』と言われて、二階にある子ども部屋に引っ込みました。どこかの会社の人が、何か取りに来るとか言っていましたね。確かに子ども部屋に戻る直前、母がリビングのテーブルに、何かを置いているのが見えました」

母親に追い立てられて、階段を上る男の子。そんな彼を子ども部屋で待っていたのは、

「子ども部屋では、兄がいて、勉強机で小学校名の入った封筒を開けていました」

「カダンさんって、お兄さんがいらっしゃるんですか」

「ええ、血の繋《つな》がった兄が一人。当時、兄は確か小学三年生でした」

小学三年生というと、八歳か、九歳。当時、カダンは五歳だったとのことだから、三つ差の男兄弟か。

「兄の持っていた封筒の中には学校で配られた夏休みの宿題が収められていて、計算ドリルとか、漢字ドリルとか……あと、四百字詰めの原稿用紙が三枚。兄は僕と違って几《き》帳面《ちょうめん》で、必要なものだけを封筒から出すと、封筒はすぐ机の中に片づけました」

僕と違って――のところは謙遜《けんそん》なのか、ただの事実として言ったのかわからない。そうですかと流すべきか、「そんなことないですよ」とかフォローした方がいいのか。迷っているうちに、彼は話を進めてしまった。

「兄が机の上に残したものは、三枚の原稿用紙でした。原稿用紙二枚半以上三枚以内で、好きな本で読書感想文を書くという課題。兄は小学校の図書室でそのための本を借りてきていました。その本が何だったかは、もう覚えていませんが」

カダンがアイスココアのグラスを取り、ストローを咥《くわ》える。甘そうだなと思いながら、私もコーヒーを啜った。

「いまとなっては僕も、宿題だの課題だのなんてのは、面倒くさい、やりたくない、窮屈なものでしかないです。ただ、幼稚園児には宿題なんて文化はありません。自分が持っていないものに――特に身近な年上の人間がやっていることを真似したくなるのは、子どもの常でしょう。お兄ちゃんばかり『感想文』を書いていて羨ましい、僕もやりたい、となりまして」

「ああ、わかります。お母さんが料理とかしてると、自分もってなったりしますよね」

「そうです。それです」

子どもらしい、かわいらしい欲求だ。

カダンは、グラスの中でストローをくるりと回した。カラカラン、と氷の触れ合う涼し気な音。

「そもそも『感想文』とは何ぞやというところから始まりました。兄に説明をせがむと、『本を読んで思ったことや感じたものを、書いて他の人に教えることだ』と教えてくれました」

「面倒見のいいお兄さんなんですね」

「喧嘩《けんか》もしましたけどね。昔から、学校の先生になるのが夢だと言っていました。自分の知識を他人に教えるのが好きだったんでしょう」

カダンの兄にとって弟という存在は、そのよい練習台だった、と。

「小学生なのに、人にものを教えるのが好きなんて、博識な」

「いやぁ。兄も当時は子どもでしたから、教えることのすべてが合っているというわけじゃなかったです。たとえば……そうですね。その時に僕が、『トクヤク』って言葉の意味を聞いたんです」

「トクヤク……特約。契約とかの？」

「そうです。簡単に言ってしまえば、特別な条件をつけた契約のこと。けど、僕が『トクヤクって何?』って兄に聞いたら、兄は僕に『大事な約束のことだよ』って言ってました。兄も正確にはわかってなかったんですね」

「小学生に契約のことを詳細にわかれっていうのは酷でしょう」

「ええ、ですから、それを責めたりあげつらったりする気はないですよ。ただ、兄も兄で、『なんでも知ってるお兄ちゃん』の幻想を守ろうと頑張っていたんじゃないでしょうか」

カダンはそう言って、笑った。

想像する。教えてくれとねだる弟カダンに、困りながらも付き合う彼の兄。小学生と幼稚園生の、幼い兄弟の姿。ほっこりあたたかい、なんとも愛らしい光景だ。

──しかしカダンは、私がそう思ったことを察したようで。

「だけど兄は、いまでこそ落ち着きましたけど、あの頃は結構やんちゃでしたよ……ああ、そうだ。あの頃、自転車でスピードを出して派手に骨を折ったとかで入院してましたね」

「ええ……」

「兄は几帳面な割に落ち着きがないところもあって、両親はよく手を焼いていましたよ」

と、すぐ幻想を壊すようなことを言うのだから、カダンという人は性格が悪い。

「まぁ、でも僕にとってはいい兄さんですよ。……と、兄の話ではなくて、いまは『僕が初めて書いた文章』のことでしたね。失礼しました」

脱線した話を、本筋に戻す。

「僕の持っている──というか、当時家にあった本の中で僕も読めたのは『親指姫』の絵本でした。よく母が僕に読み聞かせをしてくれた絵本の一冊で、リビングの本棚にいつもしまってありました。マコトさん、『親指姫』の話はご存じですか？」

「親指サイズの小さな女の子が、カエルに攫《さら》われたりツバメと逃げたりする……アンデルセンの？」

「それです。幼い頃の僕はあの話が好きだった。だからそれの感想を書きたくて、リビングから、『親指姫』の絵本を取ってきました」

「お客さんはまだ来てなかったんですか？」

「当時の僕は人見知りだったので、よく確認してからリビングに行ったんですけど、まだ来ていませんでしたね。ああ、でも、リビングから部屋に戻るときインターホンが鳴ったから、ちょうど来たところだったのだと思います」

部屋に戻ると、カダンの兄が、本をめくりながら原稿用紙に鉛筆で文章を書き始めていたそうだ。

「まだ就学前で、自分の学習机を持っていなかった僕は、いつもお絵描きのときに使っている子ども用の低いテーブルの上に紙を広げて、青いクレヨンで大きく『おもしろかった』と書きました。ああ、もちろん、ひらがなで」

その光景の微笑《ほほえ》ましさに、つい笑みが漏れた。

「かわいらしい『読書感想文』ですね」

「かわいいかどうかはわかりませんが、当時の僕にはそれは立派な感想文でした。僕は自信満々に兄を呼びました。褒めてもらえるか、『すごいなぁ』と笑ってもらえるか——」

期待に胸膨らませる幼稚園児カダン。しかし。

「しかし結果は、そのどちらでもありませんでした」

「え？」

「僕を見た兄は血相を変えました」

カダンは一息で言った。

突然の物々しい言葉に、カダンの思い出の雰囲気ががらりと変わる。語る声もひそめられ、

「兄は『お母さん！』と叫び、いきなり部屋を飛び出していって、母を連れて戻ってきました。部屋に入ってきた母と兄は、部屋の中できょとんとする僕を見て——」

「カダンさんを見て。どうされたんですか？」

息を呑み、続きを急《せ》かす。

彼は落ち着いた声で、こう答えた——

「覚えていません」

「ええ……」

拍子抜け。

しかしそのときの幼い彼の心には、もっと印象的なことがあったらしい。それはいままでも彼の心に残っていて、いま私の目の前で、不満そうに唇を尖《とが》らせている。

「だけどなぜだか僕はその日、おやつ抜きにされました」

「じゃ、カダンさんの言う『不思議なこと』って」

「はい」

カダンは頷《うなず》き、そして。

私に向けてこんなふうに、一つの謎を投げかけたのだ。

「ねぇ、マコトさん。どうして僕は、あの日、おやつ抜きになってしまったんでしょう?」


【出題パート終了】

＊　＊　＊

「……わっからん」

「うぇっへっへっへっ」

さほど長くない、出題パートを読み終わり。

ヒントを得ようと携帯電話に顔を寄せるわたしへ、二ノ宮は品のない笑い声をぶつけてくれた。この原稿をわたしへ渡したのは自分のくせに、まったく他人事《ひとごと》のようだ。

だけど――わからない。どう読んでもこの原稿は「幼子のかわいいごっこ遊びとその思い出」だと思うのだけれど、どうしてそれが「おやつ抜き」につながるのか。

それと。

「読書感想文、ねぇ……」

呟いたわたしの声は、なんとなく遠くに聞こえた。小学校、中学校……高校では、あっただろうか。定かではないけれど、いつだって名文が書けた覚えはない。何度も苦しめられたそれが、社会人のいまになってまたわたしを苛《さいな》みに来るなんて。

向かいの席の二ノ宮は、そんなわたしの様子を満足いくまで笑うと、ふうっと息を吐いた。

組んでいた腕を解《ほど》き、テーブルに身を乗り出して手を伸ばす。お茶請けとして出したチョコレートを一つ取ると、包みを剥《は》がしながらこんなことを言った。

「いつの時代にもある課題ですね。僕は苦手でした」

おや。

「意外です。いま、これだけお話を書いてらっしゃる先生が？」

「いやいや。脳の作りとか、そういうものの知識は守備範囲外ですからわかりませんけど、物語を考えて書く力と、覚えた感情をアウトプットする力は、まったく別物じゃないですかねぇ。……あ、これおいしい」

気に入ったのか、また新しいチョコレートに手を伸ばした。休むことなく包みを剥がす。

「ちなみに僕は、読書感想文の課題を出されたときはいつも、規定文字数の下限直前まで物語のあらすじを書いていましたよ。あとは最後に『主人公はすごいなあと思った』改行。『僕も見習いたいと思った』。――終わり」

「ええっ、ずるい！」

「人聞きの悪い」

わたしの非難めいた言葉にも、二ノ宮はニヤニヤ笑うだけ。

「戦略、と言ってくださいよ。……まぁ、何度かはそれで乗り切りましたが、しばらくそれをやってたら『本のあらすじは規定文字数の三割までに収めましょう』みたいなお達しが出たことありましたね。それからはちょっと面倒でした」

「あはは。教師も対策取ってきましたね」

「僕が同級生の大多数に『あらすじ八割感想文』の手法を広めたせいかもしれませんが」

悪ガキめ。

「ちなみに左京さんは、読書感想文の腕前は」

「いやぁー……」

えへ、とごまかし笑いを作った。

「わたしも、あまりいい思い出はないですね」

「へぇ」

適当に濁して顔を伏せ、原稿を読むふりをする。

しかし二ノ宮は、わたしの読書感想文になぜか興味を持ったようだった。テーブルに少

し身を乗り出して、

「読んでみたいですね、小さい頃の左京さんの読書感想文。どんな感じで書いたんですか」

「わたしも苦手でしたよ。というか、そもそも作文が苦手でした。原稿用紙の半分だって埋められないこともよくありましたし……」

愚痴のようにわたしの口から漏れるのは、授業の時間いっぱいかけても原稿用紙がほとんど埋められらなかったこと、感じたことはたくさんあってもろくに言葉にできなかったこと。担任から返された作文には、赤ペンで「がんばりましょう」と書かれていたこと。ちょっと気になっていた男の子に見られて笑われたことは、いまでもわたしの心の傷になっている——とそこまで喋《しゃべ》って我に返る。

「いえやめましょう。過去は振り返らない主義なので」

「すでに相当いろいろ振り返ってましたけど」

「忘れてください」

わたしは両の手のひらを二ノ宮に向けた。当時の作文がどうであれ、現在は立派に社会人になれたのだから、いまさら気にすることではない。

しかし——ふと思う。

二ノ宮が小学生当時、わたしと同じように読書感想文を苦手に感じていたということは。

「ちなみに先生は、いまはその類のものは」

それだけ聞けば、わたしの懸念していることは伝わったようだ。

二ノ宮は「ご安心ください」と答えた。

「作家を目指すにあたって多少は文章の勉強もしましたし、それなりに読めるものが書けるようになったと思いますよ。少なくともあの頃よりはね」

よかった。あらすじ八割の書評などもらってはたまらない。

「いっそあらすじ九割の書評ってのもなかなか斬新かもしれませんね」

「やめてください」

ちゃんと書いてくださいねと念押しして、話は感想文の謎へと戻る。わたしはメモ帳アプリの画面を上に下にと操作しながら、

「お母さんとお兄さんが血相を変えたこと、おやつ抜きになったこと……から。幼いカダンは、何か『叱《しか》られるような悪いこと』をした、ってことですよね」

「おそらくは、そうですね。だけど、ざっと読んでみるに、カダンがしたことはただ『親指姫』の絵本の感想を書いただけです」

と、二ノ宮。

苦しいなと自覚はしつつ、言ってみる。

「リビングから持ってきた本が、実は『親指姫』ではない別の本で、だから、怒られた、とか……?」

「なるほど」

二ノ宮は頷いた。そして、

「ときに左京さん。子どもが感想を書いただけ——つまり見ただけで怒られる、リビングの本とは？」

「それは……ええと、何かはわかりませんけど、何か、子どもが読むようなジャンルではないような……」

「つまり左京さんは、ご自宅のリビングの本棚に何やらいかがわしい本を置いていらっしゃると」

「置いてませんっ！」

叫ぶと、二ノ宮は笑ってチョコレートをもう一つ取った。わたしも、気分転換にお茶請けの籠からチーズ入りビスケットをつかむ。

「なら、その案は却下です。それに、幼いカダンが『親指姫』の絵本をリビングから持ってくる描写は確かにその原稿に書いてありました。すでに本文にしっかり書かれていることを、なかったことにしたら駄目ですよ」

「むむむ……」

悩ましいが、二ノ宮の指摘はもっともだ。

「先生。何かヒントになりそうなものはありませんか？」

推理パートを忘れたとはいえ、彼はこの物語の作者なのだから、何か手がかりになりそうなことを覚えていないだろうか。

「ヒント、ねぇ。僕も書いたときの記憶が定かじゃないので、なんとも言えないんですけど……あ、そうだ」

二ノ宮は床に置いていた鞄《かばん》を膝の上に持ち上げ、ジッパーを開けた。中を探りながら、

「これを書こうと思ったときの、メモなら残ってますよ」

「本当ですか!」

「はい」

肯定と同時に二ノ宮の鞄から出てきたのは、B5判のノートだった。

表紙は黒一色のシンプルなもので、タイトルもなければ名前もない。よく使っているものなのか、隅は少しよれていた。

「読書感想文の話をメモしたページ、どこだったかなぁ……あ、あった」

「わたしも。わたしも見せてください」

席を立ち、二ノ宮のノートを後ろから覗き込もうとする。

が、彼はぱたんとノートを閉じてしまった。頬を膨らませ、拗《す》ねたようにわたしを睨《にら》み、

「えっち」

「かわいくないですよ、先生」

確かに覗こうとしたわたしも悪かったけれど、それを伝えたら彼は鬼の首を取ったようにあれやこれやと言ってくるだろう。だからおとなしく席に戻ると、彼はこちらを用心しながら抱え込むようにノートを開き直した。

「このノート、思いついたこととか忘れちゃいけないこと、学校で必要な持ち物のこととかなんでも雑多に書いているから、あまり人に見せられるものではないんですよね。ええと……『読書感想文の物語を書くとき、必ず作中で描写すること一覧』ってありますね」

「おっ」

目を輝かせるわたしの前で、二ノ宮は足を組み直し、ノートに目を落としている。作中に記載必須の事項ということはすなわち、物語の解決に大事な糸口だということ。

読み上げてくれとせがむわたしに、彼は顔を上げないまま口元を緩めた。

「では、読みますね。……その一『「親指姫」の絵本はリビングに置いてあること』」

「ふむ」

わたしは自分の仕事用ノートを開く。新しいページに今日の日付と、いま二ノ宮が読み上げたことをメモした。

絵本はリビングにあるということが、重要な手がかりの一つ。

なるほど。わたしは顎に手を当てた。

「ということは、つまり――」

「左京さん、何か思いつきましたか」

二ノ宮の期待に満ちた目。

わたしはそれを真っ直ぐに見返し、もったいぶったあと、こう答えた。

「いえ、何も」

「……なんで思わせぶりなこと言ったんですか？」

早々に真実に気づいたような名探偵気分を味わってみたかったのである。気分だけだけど。

でも。……わたしは思う。確かにカダンは、『親指姫』の絵本で感想文を書くために、部屋を出てリビングに本を取りに行った。客はまだ来ておらず、カダンがリビングを出た直後にインターホンが鳴った――

本がリビングにあるなんて、どうしてそれが重要なポイントになるのか。来客がまだ訪れていないことを描写するため？　それとも他に、何か理由が？

黙っていると、紙の擦《こす》れる音がした。二ノ宮がノートをめくったのだ。

「その二。兄は几帳面であること」

「……うん？」

わたしはつい、聞き返した。登場人物の性格面に言及があるとは思っていなかったのだ。

「お兄さん、几帳面であることが大事なんですか。面倒見がいい、とかじゃなくて？」

「面倒見の方は、必須の事項としては書かれていませんね。同様の理由で、兄の将来の夢が教師である、というのも重要な要素ではないようです」

どうしてそれが、大事な要素になるのだろう。

もしやノートにはもっといろいろ書かれているのではと、首を伸ばし彼の手元を覗き込もうとするがもちろんかなわない。どころかその仕草を二ノ宮に見とがめられ、「見せませんよ」と警戒された。慌てて首を引っ込め、顔を背ける。

「そして三つ目、これが最後の重要事項……あ、これは『書かない方がいい』って打ち消し線がありますね。作中にも出てないことなので、お話しするのはやめときましょう」

「あ、はい」

ということは、その二つのヒントから結末を読み解かねばならないわけか……

……いや。

「ちなみに、先生。その三つ目の要素は、どうして本文に書くのをやめてしまったんですか?」

「ええと……ちょっと待ってくださいね」

眼鏡の蔓《つる》に触れて位置を直し、ノートをめくる。文字を指でなぞっていき、

「理由、ありました。『解答編を読む前に、読者に答えがわかってしまう可能性があるから』だそうです。それなら仕方ないですね」

「なるほど……」

それならわたしが聞けないのも仕方ないな――とうっかり納得しかけたが、そうではない!

わたしはテーブルに手をついて立ち上がった。

「お、教えてください!」

「ええー」

わたしにとっては喉から手が出るほど欲しい重要ヒント！

しかし二ノ宮は、ノートを守るように抱きかかえ、渋い顔をする。

「物語の謎の難易度が下がっちゃうのは、いくらなんでも作者としてどうかなって」

「謎を解きたいんですか、解きたくないんですか、どっちなんですかっ！」

抵抗を見せる二ノ宮へ、唾を飛ばして迫る。最悪、ノートを取り上げてやろうかと思った——が、そこまでせずとも、彼は観念してくれた。

不承不承に「わかりましたよ」と頷くと、ノートの文字を読み上げた。

「三つ目のヒント。『件の客人は、三日前にも一度、彼らの家を訪れている』だそうです」

件の客人——

わたしは二ノ宮の携帯電話の画面に触れた。メモ帳アプリを上に下に動かして、その部分を確認する。リビングにいなかった客人。カダンと出会わなかったその人は。

というか、そもそも。

幼いカダンの目的は。

「あっ、なるほど」

物語から抜け落ちた部分が、わたしの頭の中で組み上がり、つながった。

わたしの反応を見て察した二ノ宮が、嬉しそうな顔をする。

「それでは、聞かせていただきましょうか——」

二ノ宮はチョコレートの包み紙をくるくる丸め、そして。

「左京さんがかつて書いた読書感想文の話を」

「しません！」

しつこい。


さて、どこから話すべきか。中身が少なくなってきた手元のカップに追加の茶を注ぎながら、わたしは頭を整理する。

「僕もお願いします」

「あ、はい」

視界にカップがもう一つ、すい、と差し出される。そちらのカップにも八分目まで注いで返し——準備完了。

わたしは、前提の思い込みによる間違いから正していくことにした。

「考えてみれば、そもそも幼いカダンは、『読書感想文を書きたかった』わけじゃないんですよね」

二ノ宮が首をかしげる。

「どういう意味でしょう。彼は確かに読書感想文を書いたつもりでいたと思いますが」

「いえ」

われわれの話のきっかけが書評だったせいか、考えの方向がうっかりそちらに行ってしまい、本当のカダンの行動原理がわからなくなっていた。行なったことは確かにそうだけれど、作中にはしっかりと書かれていたではないか。

「彼は正確には、『兄の真似をしたかった』んです」

幼い子どもが好む、ごっこ遊び。

「もしそのときお兄さんが漢字ドリルをやっていたなら、カダンはそれを真似して、文字の勉強を始めたと思います。ポスターの宿題であれば絵を描いていたでしょうし、算数のドリルだったら……数字でも数えていたでしょうか。とにかく、それが読書感想文であったことは、カダンにとってはさほど重要ではなかったんです」

つまり、彼は読書感想文を書く兄を、極力真似る必要があったということだ。

わたしは想像する。両親から与えられた大きな学習机で、書き物をする兄の姿。自分の知らないことをする兄を見て、何をしているのかはわからないが、楽しそうだと好奇心を抱く。

「兄は読書感想文を書いています。兄と同じことをしたい幼いカダンは、兄が何をしているのかを聞き、兄の持っているペンのようなものと、机を用意しました。目当ての本がリビングにあることも覚えていて……」

「――だから『兄は几帳面』ですね」

二ノ宮がぽろりと零《こぼ》したから、わたしは話の途中ではあったが口を閉じた。彼はすぐに右手のひらをこちらに向け、遮ってしまったことの謝罪をする。

「すみません、つい。……兄は必要なものだけを出すと、机の中に道具をしまった。カダンは兄の様子を真似たかったけど、兄のものを奪うことはできなかったわけですね」

「そこから『カダンが兄のものに悪さをしたから怒られた』という線は潰《つい》えます。そもそもそうであったら兄弟げんかの描写でもあったでしょうが……さて。カダンの手元にはクレヨンがある、机がある。あとは何が必要か？」

二ノ宮からの答えはすぐにあった。

「本と、原稿用紙」

「ええ。だからカダンは、まずリビングに本を取りにいきました——リビングには、客人が訪れる予定になっています」

だけど、それはあくまでも、予定であって。

ノートをめくりながら、二ノ宮が言う。

「確か、カダンが本を取りにいったとき、まだ客人は来てはいませんでしたね」

「そうです。まだ、来ていなかったんです」

残念なことに。……客人があと十分でも早く来ていたら、この悲劇は起こらなかっただろう。

わたしは続ける。

「さて、ここでわたしは『客人』の正体を話したいと思います」

「客人。……カダンの家を訪れた『どこかの会社の人』、ですね」

二ノ宮の言葉に、わたしは頷く。

「これを解くためのヒントは二つありました。カダンが聞いて不思議に思ったという『トクヤク』という言葉。それと、もう一つ。お兄さんの『入院』」

幼稚園児の読む本に、特約なんて言葉がでてくるのは考えにくい。そんな言葉を彼が聞く機会があるとすればそれは、テレビ等のコマーシャルか、あるいは家族の会話か、そのあたりだろう。

さらに。本を読んだり、ごっこ遊びをするのが好きな弟と違い、活発なところのある兄は。

「カダンのお兄さんはやんちゃで、読書感想文の頃と同時期に、骨折して入院をしたと物語に書かれています」

兄がどこの骨を折ったのかまでは定かではない。カダンの行いを見て「いきなり部屋を飛び出した」あたり、足ではないのだろうけれど、書かれていないのならそれは推理には不要であるということだ。

大事なのはどこに怪我を負ったかではなく——怪我を負ったという事実。

「つまり、その『どこかの会社の人』っていうのは」

「『保険会社の担当社員』ではないだろうか、とわたしは考えました。……その読書感想文の事件の頃、お母様は保険会社に、お兄さんの入院給付金の手続きをしていたんじゃないでしょうか。入院した際にお金を受け取れる医療『特約』がついている保険、特に珍しい商品ではないですね。そのとき、幼いカダンはその言葉を知ったんじゃないでしょうか」

「ですけど、左京さん。それがどうして、幼いカダンが怒られることにつながるんでしょう?」

「順を追って説明します」

そうであると、どうなるか。――どうしてカダンは怒られたのか?

一つの道筋が見えてくる。

「客人は、家族が加入している保険会社の人だった。さらに……先生のメモから、カダンの家を担当する彼だか彼女だかは、三日前にも家を訪れていたことがわかります。保険会社の担当社員が、さほどの間を空けずに訪問する理由として考えられるのは――必要書類の回収、じゃないでしょうか」

部屋に行っているようにと母親に告げられた幼稚園児カダンが指示に従いリビングを出るとき、母親はテーブルに何かを置いていた。その「何か」とは、これから来訪する保険会社の社員に渡す、書類だったのではないだろうか。

……その先にどういうことが起きたのかわかったのだろう。二ノ宮は「うわぁ」と言った。彼の笑い顔を見ながら、わたしは説明を続ける。

「書類を客先に預けておき、署名や捺印《なついん》をして、入院等の証明になるものを添え、後日提出してもらう。そういう手はずだったのでしょう。……ただ、リビングに本を取りに行ったカダンには、その書類が魅力的に見えたと思います。――だって」

だって。

「その書類は、おそらく、『封筒に入っていた』から」

それはまるで、兄が小学校から持ち帰った原稿用紙のように。

二ノ宮が笑っている。子どものまったく容赦ない犯行に。一方わたしは母親に同情してしまって、強張った頰がなかなか治らない。

「保険会社が——というか一般的な話として、何らかの契約書類の受け渡しをするとき、大事な書類を裸のままで授受するというのは考えにくいです。ファイルか、あるいは封筒かに収められているものでしょう」

大きく頷いて、二ノ宮が補足を入れてくれる。

「リビングに置かれた書類入りの封筒が、カダンの目には、『兄の宿題を収めた封筒』とよく似て見えたということですね。また、だから『絵本がリビングに置いてある』ことが必要だった。カダンが絵本を見つけにリビングに行って、その封筒を見つけることが」

「幼稚園児には、それが大事な書類であるということもわからず。ただ、お兄さんはさすがに、わかる年齢だったのでしょう。自分の怪我にまつわることでしたから、ご両親から説明もされていたかもしれませんね」

結論。

幼き日のカダンが、おやつ抜きにされた理由とは。

「『保険会社の大事な書類に、クレヨンででかでかと落書きをしたから』です」

幼いカダン自身には、悪意は一切なかっただろうが——それでも、取り返しのつかない所業。頭痛を覚える。

二ノ宮は苦笑した。

「母親の気持ちを考えれば、おやつ抜きの罰も、当然と言えば当然ですかね」

——と、いったところで。

わたしの出した結論に、二ノ宮も納得したようだし。

「お粗末さまでございました」

わたしの推理は終了と、ずっと借りていた携帯電話を返す。二ノ宮は表示されたままのメモ帳アプリをしばらく触ってから、画面をオフにしてポケットへ入れた。

「なかなか面白い推理パートでした。ありがとうございました」

さらに、にやりと笑って。

「しかし素質のありそうな子どもですね」

何の素質だろう。——敢えて聞かないことにした。

そして聞かない代わりにわたしは、作中で語られた幼稚園児の真っ直ぐな成長を願う。どうかどうか、素直で優しい男の子として育ちますように。作中で思い出を語った彼が、人を困らすことに長《た》けた、いたずらに目覚めた青年ではありませんように。

……どうにもそれが期待できないのは、彼に「カダン」なんて名前をつけてしまったせいだろう。

「それでは先生、お気をつけて」

「ありがとうございます」

オフィスの外まで、二ノ宮を見送って。

編集部に戻ると、隣の席に高山の姿があった。てっきり帰ったのかと思っていたけれど、ブラックの缶コーヒーなど飲みながらぱちぱちキーボードを叩いているあたり、まだ作業が終わっていないらしい。

わたしが席に戻ると、彼もわたしに気がついて「お？」と言った。

「お疲れ。二ノ宮、来た？」

「来ましたよ。いま帰りましたけど」

「あ、そう」

それだけ聞くと、彼はまたディスプレイに視線を戻した。二ノ宮の動向に、興味があるのだかないのだか。

「そうだ。高山さん、ありがとうございました」

「ん？　何？」

わたしへのアドバイスを、もう忘れてしまったらしい。

「二ノ宮先生に、例の言葉伝えておきました。二ノ宮花壇らしい書評を、って」

「ああ、あれね」

「おかげさまで、ちゃんとした書評を書いてくれそうです」

「ほーん」

やはり、気のない返事。

興味ないのなら、これ以上別に何を言うこともないかと思って、席に腰かけパソコンを立ち上げる——と、

「あいつ、ちゃんと仕事してる?」

不意に高山が言った。

顔を向ける。高山は自分のパソコンの画面を見たままだった。

「あ、はい。やることはきちんとやってくれていますよ。書評の依頼も引き受けてくれましたし。……小さい頃に書いた読書感想文の話になって、『読ませろ』って散々せがまれたりはしましたけど」

「あっはっはっはっ」

動向が気になるなら会えばよかったのにと告げるが、またも「会うほどじゃないしな」と言われる。

二人の話しぶりからして、仲が悪いわけではなさそうだが、よくわからない人たちである。

「ま、でも、もし何かあったら言えよ。あいつもあいつで、なかなかひねくれてるからな」

「わかっていますよ」

わたしも笑って——苦笑に近かったが——返した。

言われるまでもなく、二ノ宮のひねくれぶりはわたしもよく知っている。だけど、今回は大丈夫だろう。なぜなら、

「でも、まぁ、書評の件に関しては大丈夫だと思いますよ。二ノ宮花壇らしくとも伝えましたし、間違っても変なことは書かないでしょう」

読書感想文の物語の解決パートという、いわば「対価」もすでに払ってあるわけだし。ひねくれ者の二ノ宮相手でも、一度は渋った書評の依頼であったとしても、ここまでしておけば、不安を招く要素などない。

「きっと、すてきな書評をご提出してくださることと思います」

だから確信にも近い思いを持ってそう言うと、高山は「そうだといいな」と笑って答えた。


——しかし。

二ノ宮の手綱を握れたつもりになっていたのは、どうやらわたしのまったくの過信だったようで。


数日後。

「ところで私の担当編集は作文が苦手でして」という書き出しから始まった件の書評には、

小説の内容と絡めるように、誰あろうわたしの小学生時代の逸話《いつわ》がたいへん瑞々《みずみず》しく尾ひれはひれ増量された文章で書き記されていて。

結果、わたしの絶叫と高山の大笑いがオフィスに響くことになったのである。

三　うちの作家は克服できない

作家によって、好む執筆場所は様々だ。図書館の一席に陣取る人もいれば、お気に入りの喫茶店に通い詰める人もいる。

変わったところでは電車の中がお気に入りの執筆場所で、〆切《しめきり》が近づくと朝から晩まで山手線《やまのてせん》を回り続ける作家もいると聞いたことがあるが、その話が本当か、それともわたしがかつがれただけなのかはわからない。

さてそんな中、我が担当作家・二ノ宮花壇《にのみやかだん》はどうかというと、彼は主に学生寮の自分の部屋にこもって執筆活動をするのだと、以前、本人から聞いた。時間が空けば学校でも書いたりするが、基本的に人目がない方が捗《はかど》るのだという。

というわけで、二ノ宮の原稿の催促に向かうとき、たいてい彼の寮に向かうことになる。〆切破りの常習犯、まったくもうとあきれながら向かうのがいつものことだが、猫好きとしては、寮で飼われている三毛猫タマに会えるのはとても嬉《うれ》しい。

そして今日も今日とて、二ノ宮から悪びれもなく「推理を忘れました」という連絡を頂戴し、まだ時間に余裕のあったわたしは、彼の住まう学生寮へと足を運んだ。

建物のドアをくぐり、玄関ホールを軽く見回す。どこかに出かけているのか、タマの姿はない。管理人室に声をかけた。

「こんにちは、八神《やがみ》さん」

「あら、左京《さきょう》ちゃん。いらっしゃい」

八神さんがいつも通り、人のよさそうな笑顔で挨拶を返してくれる。

わたしは八神さんに、途中のコンビニで買ってきたキャットフードを渡した。

「これ、差し入れです」

「いつもありがとうねぇ。──タマ、左京ちゃんからおやつもらったよ」

八神さんが振り返り、部屋の奥に向けて声をかける。その先を見ると、猫用のクッションに寝転がったタマがいた。

しかし名前を呼ばれても、タマはこちらを向かない。何かを抱え込み、一心に噛《か》みついている……あれは。

「おもちゃですか?」

尋ねると、八神さんは腕を組んだ。

眉を寄せ首をかしげる様は、いかにも「困った」といった様子。

「そう。最近、気がつくとああいうのを咥《くわ》えてくるんだよ」

「気がつくと?」

「誰がくれてるんだか、新しいおもちゃをね。変なものくれられちゃ敵《かな》わないからどんなものか確認はしているけど、特に問題はないものみたいだったから好きにさせてるよ。取り上げたら、朝から晩まであれを探しまわってニャアニャア鳴いて大変だったしね」

「そうなんですか」

「タマの『あしながおじさん』だと思うことにするよ。——ま、おおかた、寮生の誰かだろうと思うけど」

寮生の誰か。少なくとも二ノ宮ではないだろうな、と思う。彼は筋金入りの猫嫌いなのだから。

「ま、そんなことはともかく。またあの子は、左京ちゃんに手間かけさせてるのかい。ほんとにけしからん子だね」

「いえ、これも仕事ですから」

まったくですよね！　と心の中では本音を言いつつ。

お邪魔しますと頭を下げ、いつものように食堂の一席で待つ。しばらくして現れた二ノ宮へ、わたしは椅子から立ち上がり礼をした。

「お世話になっております、二ノ宮先生——」

「……どうも」

しかし。

なぜだか今日の二ノ宮は妙に元気がない、というか疲労の色が濃い。声にも張りがなく、よく見ると目の下にうっすらクマもできている。

「先生、お疲れですか。体調不良ですか？」

「お見苦しいところをすみません。たいしたことでは」

「もしかして、原稿の進みがよくないのをお気にされて眠れてない、とか……」

「あっそれはないです、全然」

心配して損した。

さほどの事情があるわけではないのか、それとも理由を聞かれたくないのか。二ノ宮はにこりと笑って「それはともかく」と雑談を打ち切った。

彼がわたしに差し出したのは、コピー用紙の束。

「いつものやつです」

「拝読します」

紙束の最後の一枚を見ると、わかってはいることだが、やはり今回の物語も途中で終わっている。

書かれているのは前回と同じく、カダンとマコトのシリーズ。カダンは、二ノ宮に似て猫嫌いらしい。……二ノ宮はどうして猫を嫌うのだろうと思いながら、わたしは改めて、最初のページに目を落とす。

＊　＊　＊

その日は、昼頃からしとしとと雨が降り出した。

昨日も一昨日もよく晴れていたし、昨晩の天気予報でも「しばらくは晴天が続くでしょう」と言っていたのに、である。

しかしそれも無理ないことだ、と私は思っていた。なぜなら、なんと本日の昼、〆切破りを生きがいにしているかのようなあの担当作家のカダンから「原稿ができあがりました」と電話をもらったからだ。

それも、〆切に一週間前の余裕を持って！

これで雨の一つも降らない方がおかしい。槍《やり》が降ったところで誰も——少なくとも私は文句を言えない。

ただ、そんなときに限ってカダンは、愛用のパソコンの調子が優れず、データが送れないという。けれどそういうことなら出向く足も軽くなろうというもので、私は「これから伺います」と告げると、傘を差し、うきうき気分で彼の住まう学生寮へと向かったのだった。

「やぁ、どうもマコトさん」

寮につくと彼は、すでにいつもの食堂で待っており、私を迎えてくれた。

しかしなぜだか——なんだろう。カダンの雰囲気が、普段とちょっと違うような気が。妙に活《い》き活きして、目の輝きがいい。四人がけのテーブルに向かい合って座りながら、妙な違和感を覚える。

「お足元の悪い中、出向いていただき恐縮です」

「いえ……それはいいんですけど、カダンさん」

「はい？」

「何かいいことでもありました？」

尋ねるとカダンは、きょとん、と目を丸くした。

口調もいつもの彼に比べて元気がいい……というか溌剌《はつらつ》としている。それは私の錯覚ではなかったようだ。彼自身にも思い当たるところがあるらしく、「いやぁ、まぁ」とごまかすように含み笑いを漏らした。

「ちょっと。たいしたことではないです」

さては。

「恋人でもできました？」

「できてません」

即答である。

隠されると知りたくなるのが人の常である。カダン相手であれば余計からかいたくもなろうというもので――とはいえあまり問い詰めて機嫌を損ねられてもことだ。ほどほどのところでやめることにした。

本日私がここに来たのは、彼の近況を聞くためではない。そう、

「ところでカダンさん、例のものは」

「これです」

彼が書き上げたという原稿の受領だ。

カダンがパーカーのポケットから取り出したUSBメモリ。私はそれを受け取って、持ってきたノートパソコンを開き、挿す。

中に収められているものは、ファイルが一つだけ。わかりやすくていいことだ。

ファイルをパソコンにコピーし、原稿が収められていることを確認して、カダンへUSBメモリを返した。

「ありがとうございました。内容確認して、またご連絡させていただきます」

「どうぞよろしくお願いします」

揃《そろ》って、一礼。

カダン絡みの案件にしては珍しく、本日はあっさり用事が済んでしまった。パソコンを操作して、シャットダウンを待つ。

……特に連絡事項もない状態で片づけ。無言の時間を退屈だと思ってしまうのは致し方ないことだろう。雑談のための話題として選んだのは、先ほどと同じ、カダンの上機嫌の理由だった。

カダンはにやりと笑った。

「気になりますか?」

「多少は」

どうしても知りたいわけではないけれど、何かあったのなら聞いてみたい。そんな感じ

だ。すると彼は、もう一度、本当にたいしたことではないんですがと前置きして、

「少し前から、どうしてもやりたかったことに取り組んでいたんですけどね、それがうまく成功したんですよ。想定通りの結果というか、成果がばっちり出たので、それが嬉しくて、つい」

「そうなんですか」

と頷《うなず》くが、いまいちぴんとこない。彼の言ったことの内容が具体的ではないせいだ。けれど、彼はそれ以上深く話す気はないようだった。

私はパソコンの電源を切り終え、窓の外を見る。雨足はさほど変わっていないようだが、これ以上、長居をする理由もない。鞄《かばん》にパソコンをしまい「それではそろそろ失礼します」と席を立ちかけた――そのとき。

苛《いら》立《だ》ったような大声が、私たちのいる食堂に届いた。

「だから、あれは絶対、幽霊だって！」

私は椅子から立ち上がりかけた姿勢のまま、動きを止めた。

「……幽霊？」

大声に一時遅れて、姿が現れる。ぎゃあぎゃあと大声を上げながら廊下を歩いていくのは、ここの寮生だろうか、カダンと同じ年頃の男子学生三人。

しかし熱っぽく語っているのは一人だけのようで、残り二人は「そんなわけないだろ」

「非科学的だ」と冷たくあしらっている。

あしらわれている一人は、食堂の前で足を止め——

こちらを見た。

「あっ、カダン！　ちょうどいいところに！」

「エノ。うるさいぞ」

いかにも嬉しそうにカダンを呼んだその男子学生は、どうやらエノというらしい。

カダンは、テーブルに肘をつき、あきれた様子でエノへ苦情を言う。が、エノはカダンの態度には一切興味を持つことなく、急ぎ足で私たちのもとへ寄ってきた。

「カダン！　カダンも聞いてくれよ！　誰も真面目に取り合ってくれなくて困ってるんだ！」

「まず声量を抑えろ。そして落ち着いて聞いてくれ。——俺もお前の話を聞くのは嫌だ」

「そんな冷たいこと言うなよカダン！」

カダンが特に驚いたようではないあたり、エノの振る舞いはいつものことのようだ。

あっさり袖にされたエノは悲しそうな声を上げるが、「来客中だ」とのカダンの言葉で、ようやく私の存在に気づいたらしい。目を剝《む》いた。

「ああっ彼女さん来てたのか⁉　邪魔してごめん！」

「違う。仕事関係の人だ」

「それならよかった……じゃない！　ごめん、仕事のことも邪魔したら駄目だっただろ、うわぁ申し訳ない！」

明らかにうろたえながら、自身の知る謝罪の言葉を早口で並べ立てるエノ。それもまたいつものことなのか、カダンはため息をついて私を見た。

「……すみませんマコトさん、うるさくて」

「とんでもない。学生さんは元気でいいですね」

半分本音、半分お世辞。

変わらず恐縮しているエノに、私は笑いかけた。

「カダンさんのお友達ですか。お気になさらず、私はもう失礼しますので」

「お話はもういいんですか？」

「ええ。原稿をお預かりに上がっただけですから」

これは、百パーセント本当のことである。

パソコンを収めた鞄を引き寄せ、私は今度こそ椅子から立ち上がった。

「それではカダンさん、お時間をいただきましてありがとうございました。私は——」

これにて失礼します、とお開きの言葉を口にしようとしたときに。

「あっ、そうだ！」

またエノが大声を上げたから、私の挨拶は途切れてしまった。

「どうされました？　エノさん」

「お姉さん……ええと、マコトさん。カダンの仕事関係の人っていうことは、物語や本を仕事にしているってことで、不思議な現象にも詳しいですよね。もしお時間あったら、マコトさんにも俺の話を聞いてもらいたいんですけど、駄目ですか？」

「駄目だ」

と答えたのは、私ではなかった。

カダンが、ぐにゅうと眉を寄せ、眼鏡の向こうの目を細め、しかめっ面を晒《さら》している。

「駄ぁ目だ駄目だ、マコトさんはただでさえ忙しいんだ。お前のたわごとに付き合ってる暇なんて一ミリもない」

「じゃあカダン、聞いてくれよ！」

「俺も忙しい。少なくとも、お前のくだらない幽霊騒ぎに興味はない」

一刀両断。「友達甲斐《がい》のないやつめ！」と叫ぶものの、カダンは涼しい顔。

しかし——はっきり言うつもりはなかったけれど——私も同じような気持ちだった。せっかく原稿を受け取ることができたのだから、できれば早く会社に戻って、原稿に目を通したい。

けれどエノは、次の瞬間。

そんな私の思いを最高速で吹き飛ばす一言を放ってくれた。

「こんな変なこと、カダンの次の作品の参考になるかもしれないだろ！」

「いいですよ」

——気づいたときには、そう口走っていた。

驚いたようにカダンが私を見あげているけれど、致し方ないことである。もしかしたら、これがカダンの次回作のアイデアにつながるかもしれない。

もしかしたらカダンが、次回も超優良進行で原稿を上げてくれるかもしれない！

そう思ったら、断るなんて選択肢は私の頭からすっかり抜けてしまっていた。

「伺います。力になれるかどうかはわかりませんけど」

「やった！　ありがとうございます！」

「マコトさん……」

ため息をついて私の名を呼ぶカダン。しかし。

私はにっこり笑ってやった。

「珍しく〆切前に原稿のご提出をいただけたわけですから、時間に余裕はありますし？」

そう言ってやると、彼は口をへの字に曲げたまま、首をすくめた。返す言葉がないようだった。

日頃の行いである。

「妙に食堂が賑《にぎ》やかだと思ったら、また来てるのかい。エノ」

そのとき、食堂の入り口から声がして、わたしたちは揃ってそちらを向いた。

廊下から顔を見せていたのは、この寮の管理人さんだった。彼女に顔と名前を覚えられてしまうほど、エノはよくこの寮へ遊びに来ているらしい。

「あっ、管理人さん。お邪魔してます」

「どうも。元気なのはいいことだけど、あんまりやかましいと追い出すよ。管理人室まで声が届いて、騒がしいったらありゃしない」

「いやぁすみません、この寮、居心地がいいからついはしゃいじゃって。管理人さんの手入れがいいせいですかねっ」

「まったく、お世辞だけは一丁前なんだから――」

「ぎゃっ」

エノと管理人さんの会話の最中、なぜか唐突にカダンが悲鳴を上げた。急に椅子を蹴って立ち上がり、何かから逃げるように食堂の奥に走っていく。

彼が見たものは……管理人さんの、足元？

いつの間にやってきたのか、一匹の猫が管理人さんの足に頭を擦《こす》りつけていた。

「ああ、そうか。おやつの時間だね」

猫。――この寮の飼い猫で、とても人懐っこく、よく寮の玄関で昼寝をしているかわいい子だ……が、そういえば、私が今日ここに到着したときはいなかった。どこに行っていたんだろう？

管理人さんは私たちに「あんまり騒がしくするんじゃないよ」ともう一度注意すると、猫を抱き上げて管理人室へ戻っていく。

カダンを窺《うかが》うと、猫嫌いの彼は食堂の奥側の壁にぺったりとくっついていた。

……。

＊　　＊　　＊

わたしは、途中で原稿から顔を上げた。

そして二ノ宮へ、現時点での感想を述べる。

「現実の先生は、余裕持って原稿あげたことなんて一度もないですよねぇ。ましてや先生の方から連絡が来るなんてこと、悪いご報告でさえめったに……」

「あっはっはっフィクションの世界って好きに書けるからいいですねぇ」

悪びれもせず、豪快に笑う二ノ宮。ちくしょうめ。

それと。

読んでいて気になった点が、もう一つあった。

「……エノっていう登場人物には、モデルになった人がいるんですか？」

「え？」

その質問は予想していなかった、という雰囲気。「どうしてですか？」と問われるものの、たいそうな推理の結果とかいうわけではない。ただ単に、

「この人、作中ですでに名前がつけられていたので」

カフェの物語のときもそうだったけれど、二ノ宮は登場人物の名前をなかなか決めない

ことがよくある。

しかし、「幽霊」そう叫んだ新規の登場人物には、わたしが脳内で補完するまでもなく、すでにきちんと名前がつけられていた。

わたしの答えに二ノ宮は、「ああ、なるほど」と呟《つぶや》いて、

「別に、そういうわけでは。大学の知り合いに『瀬戸《せと》』ってやつがいて、ちょうどこれを考えたときに会ってたんです。登場人物の名前を考えてるって話をしたら『俺の名前使ってくれ！』ってうるさいんで、そいつの名字から母音だけ拝借して適当につけました」

セト――エノ。なるほど、わかるようなわからないような。

改稿のときは変えるかもしれません、と二ノ宮は付け加えた。つまりこの『エノ』という名前は、犯人捜しの手がかりにはなり得ないということか。

……しかし。

「幽霊ですか。――オカルトホラーですか？　ミステリじゃなくて」

わたしたちが二ノ宮に頼んでいるものは、推理小説なのだけど。

尋ねると、彼は腕を組み、首をかしげた。にこりと笑う。

「きちんと推理できる内容になっているはずなんですけど、もし解決パートが思いつかなかったら、オカルトホラーに仕立てましょうか。それもいいかもしれないですね。実はホラーも好きなんですよ」

よくない。

それが二ノ宮流の冗談であることはわかっていたけれど、万が一にもそうさせないためには、わたしが頑張らなければ。

気合を新たに、わたしは物語の続きに目を落とす。

＊　＊　＊

「それで、エノさん。幽霊って、どういうことですか？」

四人がけのテーブルで、エノはカダンの隣の席に腰かけた。カダンと向かい合って座っていた私にとっては、エノの位置は私のはす向かいになる。

足と腕を組みぶっきらぼうに「それで？」と言うカダンと、話を聞いてくれる相手を見つけられてにこにこ嬉しがっているエノの雰囲気はまるで対照的で、ちょっと笑いを誘う。しかし、私が噴き出せば今度こそカダンは私を追い返し、自室に戻ってしまうだろう。ぐっと耐え、彼の話を待つ。

エノは、低く震えた、いかにも怪談を語るような声で、「これは、昨日の夜の話なんだけど……」と切り出した。

「この寮の南階段で、女の声を聴いたんだ……」

「ちょっと待て」

早速ストップをかけたのはカダンだった。

「どうしていきなり止めるんだよ！」

「どうしてお前が昨日の夜にここにいるんだよ」

おや？

「エノさんはここの寮生じゃないんですか？」

「違います」

「俺は、大学キャンパス裏手の学生寮に住んでまぁす」

私の仮説を、カダンが肯定してくれた。

続いて、笑いながらピースサインを作るエノ。しかしすぐに「痛て」と顔をしかめた——どうやらテーブルの下で、カダンが彼のすねを蹴ったようだった。

カダンの補足説明が続く。

「こいつの住処《すみか》は、アオキ寮——うちの大学が管理・運営している学生寮なんですけど、あそこ、大学に近くて家賃が格安な一方で、建物も設備も老朽化がひどくて。ま、貧乏学生には願ったり叶《かな》ったりの立地ではあるんでしょうが、住み心地はちょっと」

「入学前は、まさかあそこまでひどいとは思わなかったんだよぉ」

今度は泣き出しそうに目元が歪《ゆが》む。ころころ表情の変わる人だ。

「というわけで、よく友達の下宿先に転がり込んでます」

「いい迷惑だ」

カダンがぼそりと毒を吐く。私相手にはしないような、学生らしいというか、友人に対する気やすい振る舞い。

話を本題に戻す。いま知るべきは、エノの住居問題ではないはずだ。

「で、エノ。昨晩この寮で、女の幽霊を見たって？」

「見たんじゃない。声を聴いたんだ、女の」

「姿は見てないんだな？」

「そう」

カダンの質問に、エノが頷く。

「じゃあ、『幽霊の正体見たり』。話は簡単だ」

「どういうこと？」

「どっかの部屋の誰かが女連れ込んでたんだろ。あとで管理人さんに告げ口してやれ。はい解散」

「違うって」

さっさと話を切り上げたがるカダンに、エノが唇を尖《とが》らせる。

「この寮、アオキ寮と違って防音性高いだろ。個人部屋入ったら、誰がいたってわかんないよ。だけど——」

「声が聞こえたってことか。女の」

そのときのことを思い出して改めて恐怖を覚えたようだ。鳥肌の立った両腕を、一生懸命擦る。頬も青白い。

カダンが私を向いた。右手でエノを指さし、

「もともと嘘《うそ》のつけるようなやつではないですけど、やっぱり嘘を言ってるようには見えないですね」

というと、つまり。彼の言っていることは……

私の背にも、ぞわりと寒気が走る。

「じ、じゃあ、もしかしたら、本当に幽霊が」

「まさか。何か原因が……」

あるんですよ、とでも言いかけたのだろう。

けれどなぜかカダンは、最後まで告げることなく、む、と口を閉じた。

「か、カダンさん。どうかしました?」

「……」

「だ、黙らないでくださいよぉ」

怖いではないか。

体調でも悪いのか、それとも何か思い当たることがあるのか。尋ねてもカダンは、私の質問には答えなかった。ただ、代わりにエノを見て、

「お前、その声聞いたの、どこだって言ったっけ?」

「え?」

ああ嫌だ、ああ怖いと震えていたエノは、カダンの質問を一度聞き逃した。

カダンが再度同じ質問をして——ついでに「人がわざわざ相談に乗ってやってるんだから、人の言うことはしっかり聞いてろ」と文句も言った——ようやくエノが、それに答える。

「この寮の、南階段」

それは先ほども聞いたことだ。しかし、

「もっと具体的に。南階段のどこだ？」

「二階の踊り場」

するとカダンは、考え込むようなそぶり、というか。

私からもエノからも視線を逸《そ》らして、唐突に黙り込んだ。ただ、先ほどのエノや私のように、怯《おび》えているとか怖がっているとか、そういった様子ではない。

「カダンさん？」

「……ん、あぁ、はい。すみません。まぁとにかく——」

私が声をかけると、彼はすぐに思考の淵《ふち》から戻ってきた。

何に思い当たったのか、あるいは何を考えていたのか。それは言わず、ゆるゆると右手を振る。あきれたようであるのは、先ほどと変わらずそのままに。

「幽霊なんてのは、あまりにも非科学的すぎます。何か原因があるんですって。……だけど俺は普段、南階段使わないから、いまいちピンとこないな」

後半は、エノを見ながら告げたもの。その言葉から「じゃあ見にいこう」と席を立つことになったのは、ごく自然なことと言える。

「私も行って大丈夫でしょうか？　寮生ではないですが」

「まぁ、大丈夫じゃないですか。マコトさんですし」

そうして私たちは、南階段を見にいくことになった。


エノが件《くだん》の階段を『南』階段と呼んだのは、この寮には階段が二か所あるためだ。南階段と北階段。カダンが「自分は南階段を使わない」と言ったのはもっともなことで、彼の部屋は北階段寄りにあり、外出するにも食堂を利用するにも、北階段を使った方が行き来がしやすいのだった。

「月に一度、使うかどうかってとこですね。でも、寮内で幽霊だの化け物だのが出たら噂《うわさ》にはなるでしょうし、そうすりゃ僕の耳にも入りそうなものですけど」

「カダンさんは聞いたことがない？」

「ええ。ぜぇんぜん」

私がカダンに尋ねると、カダンは首を振った。

しかし、それに納得がいかないのがエノである。

「本当なんだって！　俺は聞いたの！」

「お前の証言を否定してるわけじゃないだろ、大声出すなよ」

嫌そうな顔をするカダンだが、エノは引かない。逃がすものかとばかりにカダンの肩に手を置いて、神妙な顔をした。

「それに俺、聞いたことあるぞ。――この寮に出る女の幽霊の噂。なぁカダン、思い出せよ。お前だって知ってるだろう？　女子学生の幽霊話」

「女子学生？」

エノの言葉に、カダンは一瞬眉を寄せ、

「ああ、そういえば……」

のち、「そういやそんな話もあったな」と肯定するから、私はつい頬を引きつらせる。

「ほ、本当ですかカダンさん」

「……こいつの話を肯定するのは癪《しゃく》ですけど。昔、ここの寮生に手ひどくフラれた女子学生がいて、いまもその寮生を捜してその生霊が現れる……とかいう、つまんない話はありますね。イケメンの寮生の前に現れるとかなんとかって。まぁ、実際に見た、って証言は聞いたことないですが」

「誰も見たことないのは、現寮生が誰もイケメンじゃないからじゃないの。……なぁなぁそこ行くと俺なんかヤバいんじゃない？　どう思う、カダン」

「お前がイケメンじゃないことは審議の余地すらまったくないと思うが、まぁ、確かにそういう怪談はあるな」

しれっと言うカダンに、怖いなぁ、怖いなぁと涙目で震えるエノ。私はどちらかといえばエノの気分に近かった。……別に私は、オカルトなんて信じていない。信じていないけれど。

「信じてないけど！」

「い、いきなり叫ばないでくださいよマコトさん」

カダンは幽霊よりも、叫んだ私に驚いたようだった。信じていようがいまいが、怖いものは怖いのだ！

そんな話をしているうちに、二階の踊り場に到着。

ぐるりと見回す私へ、エノは改めてこう言った。

「ここを通ったとき、女の声が聞こえたんです」

「ここを……」

観察する。掃除の行き届いた階段と、南向きの大きめの窓と、それから、インテリア。

窓には透明なガラスが嵌《は》め込まれ、外を見ることはできるものの、開けることはできない。もともと嵌め殺しの窓のようで、開けられる仕様ではない。

他に目につくものは、インテリアとして置かれた陶器の花瓶。何かの植物が活けられている。

よい意味で表現すれば『落ち着いた』、悪く表現すれば『くすんだ』青緑色のそれは、窓辺に置かれている。持ち上げてみると重みがあったけれど、あちこちに傷があって、さほど高価そうではない。言ってみれば、リサイクルショップで投げ売りされていそうな代物だ。

他には、花瓶の下に敷かれた布。植物……階段の端に腰かけて私たちの捜査活動を見ていたカダンが、おもむろに口を開いた。

「吹き込んだ風か、誰かの声が、階段で妙な反響を起こしたんじゃないのか」

「昨晩、そこまで風は強くなかったように思いますけど……エノさん、どう思われますか？」

テレビの天気予報でも、天気予報士が「穏やかな気候です」と伝えていたのを確かに覚えている。エノはしばらく考えたものの、やはり「違うと思う」と言った。

「あれは絶対、女の声だったよ。『アァ』とか『ヒィ』っていう、細い声。それと……『おいで』って言ってた」

思い出したようで、ひっと悲鳴を上げて両腕を抱くエノ。その女は彼を、どこに誘おうというのだろう。――考えたくない。

花瓶の下の布はタオル地で、触れるとやわらかい。埃《ほこり》が溜《た》まっていないのは、管理人さんが掃除しているからだろうか――何かの細い毛が一本絡まっている。それと、

「この植物は……なんでしょう？」

「チクマハッカですね」

私の疑問に答えたのはカダンだった。

見ただけでわかるものなのかとカダンを窺うが、そうではなかったようだ。彼は階段に座ったまま、携帯電話を触っていた。ちょうど調べていたらしい。

「ハーブの一種で、観賞用にも使われます」

「ハーブ。もしや幻覚を見せたり、幻聴を聞かせたりとか、そういう類いの……？」

それのせいで女の声を聴いたとなれば、ここにこの植物を置いておくのは危険だ。カダンはしばらく人さし指で画面を撫《な》でて、「いや」と否定する。

「そういう効果は見られないですね。山の方に行くと自生している地方もあるそうですし、口にしても毒性はないです。茶にすると、安眠効果があるそうですよ」

「あれ？」

私と一緒に花瓶を見ていたエノが、首をかしげた。

「なぁカダン、ここの花瓶、この間まで透明なガラスのやつじゃなかったっけ」

「そうなんですか？」

カダンに尋ねるも、「覚えてません」とそっぽを向く。エノはしばらく思い出すように唸《うな》って、のち、自分の記憶と照合ができたようだ。

「うん、クリスタルみたいなやつ。デザインが細かくて、綺麗《きれい》で、めちゃくちゃ高そうだった」

「誰かが割ったとかですかね」

「どうでしょう。……なぁ、そろそろいいんじゃないか。現場の確認はできただろ」

カダンは、妙に居心地が悪そうにしている。

彼のその雰囲気をエノも感じ取ったようで、エノはおずおずと声をかけた。

「……なぁ、カダン」

「うん？」

「やっぱりお前も幽霊が怖——」

「違《ちげ》ぇよバカ」

食い気味に否定。

しかしエノは、思い込んだら簡単には考えを改めないタイプの人間らしい。

いやいいんだ、大丈夫だぞカダン、怖がる気持ちはわかるなどとまくし立てながら肩に手を置くエノを、カダンが無遠慮に蹴り飛ばしたのを見て——また、カダンの心底嫌そうな顔を見て——

——はた、と。

私の頭によぎったものがあった。

「……あの、カダンさん」

「はい？」

そして私の、その推測が正しければ。

その『女の声』というのは、幽霊の声、などではなく。

「もしかしたら、なんですけど——」


【出題パート終了】

＊　＊　＊

「『もしかしたら』何なんですかっ！」

原稿を読み終えたわたしの心からの叫びに、向かいの二ノ宮が、ぶば、と水を吹いた。

コピー用紙の束を握り締め、憤懣《ふんまん》やるかたないわたしの目の前で、彼は袖で口を拭い、苦笑いする。

「人が飲み物飲んでるときに冗談言わないでくださいよ」

「冗談じゃないです。本気ですっ！」

せめてあと一言くらい書いておけや、という心の底からの絶叫である。

いや、たとえわたしがこの作品のただの一読者だったとしても、こんな中途半端なところで終わる推理小説など、到底受け入れられるはずがない。

わたしは深くため息をついた。

「まったく、この作者は人の心がないですね」

「失礼な。僕だって人の心くらいありますよ。花を見れば綺麗だなあと思いますし、かわいいものを見ればかわいいなぁと思います」

茶化すような物言い。

中途半端に終わる不完全燃焼な物語を読まされたことも相まって、とても面白くない。

なんとか言い返してやりたくなる。

「『かわいいものをかわいいと思う』その割には先生、猫がお嫌いじゃないですか」

「あれは『かわいくないもの』です」

二ノ宮の痛いところを衝いてやったつもりだったのだけれど、彼の中では、その仕分けは誰に何を言われたところで覆らないことのようだ。きっぱり断言される。

しかし、二ノ宮の猫に対する評価は受け入れがたい――あんなに愛らしい生き物はなかなかいないだろうに。現にわたしのパソコンの壁紙は、子猫二匹がじゃれ合っている画像だし。

作中のカダンも、猫嫌いである。

……というか、二ノ宮は――というか、作中の彼も含め、彼らは猫のどこが嫌なんだろう？

「先生は、猫のどこが嫌なんですか？」

以前から二ノ宮の猫嫌いは知っていたけれど、理由までは聞いたことはなかった。だからそう尋ねると、ようやく彼の余裕に満ちた表情が変化した。眉間と顎にしわが寄り、思い出すのも嫌だといった具合。

「猫の嫌いなところ。ちょろちょろ動くとか愛想がないとか、いろいろありますけど……一番は、あの腹ですかね」

「お腹《なか》？」

猫の腹の、どこに嫌なところがあるというのか。にわかには信じられなくて、つい繰り返す。けれど、聞き間違いではなかったようだ。二ノ宮が大きく頷く。

「奴《やつ》らの腹、触ると生あたたかくて『ぐにゅぁ』ってするじゃないですか」

その感覚を思い出したのか、うぇ、と小さな声で呟いた。

「昔、ばあちゃんちで飼ってた猫に触ったことがあるんですけど、そのときからもう無理です。あんな、ころころふかふかのちんまりしたぬいぐるみみたいな外見してるのに、『あっどうも肉の塊です』『チィッス体に内臓入れてます』みたいな生ぬるいぐんにゃぐにゃの手触りしてるのがマジで駄目で、それ以来見るのも嫌ですね、気持ち悪い」

二ノ宮、落ち着かない様子で両手を握ったり開いたり。

しかし——聞いたものの、その感覚はわたしにはぴんとこない。生き物なのだから体内に内臓があるのは当然のことだろうに。

ただ、きっぱり「わかりません」と答えてしまうのも忍びなくて、なんとかわたしの知識の中にある、彼の猫に対する感覚と似ているだろう事項を捻《ひね》り出す。

「……『アイドルはトイレに行かない』みたいな理屈ですか?」

「いやそりゃ行くでしょう。人間ですから」

「何言ってんだコイツ」みたいな視線が大変腹立たしい。

やはり作家というのは一風変わった感性の持ち主なのだろう、と思うことにして……もう一つだけ、質問してみることにする。今度は彼の嫌いなもののことではなく、

「なら先生は、どういうものを『かわいらしい』と思うんですか?」

「そうですねぇ……」

黙考しながら、水の入った紙コップを傾ける。のち、何を思いついたのか、にこりと笑った。いつもの彼らしい、意地の悪い笑い方。

どうせろくでもないことを思いついたのだろうと考えながら答えを待つ。

返ってきたものは、やはり彼らしく捻くれたものだった。

「僕の書いた原稿に振り回されている編集者さんを見ると、いやまったくかわいいなぁと思いますよ」

聞かなきゃよかった。心の中で、舌打ち。

「お喋《しゃべ》りはここまでにして、原稿の話に戻りますけど」

「はい、はい」

ハイは一回でよろしい。

「……物語に仮のタイトルをつけるなら、『幽霊騒動』とかそういうところですかね。ただ、確かにオカルトっぽくはなかったです。情報はいくつも提示されていて、理屈で片づけるものとして書かれているようですし、何よりマコトも、最後に、『幽霊の声ではない』と判断していましたので」

「あとは、現実の左京さんが推理をしてくださるだけですね」

簡単に言ってくれるけれど、それが一番難しいのだ。

唸りたくなるのを押し殺しつつ、わたしが再度原稿に視線を落としたとき、

「お、先生！」

唐突に声がして、顔を上げた。

見ると、食堂の入り口から「お疲れ！」と元気よくこちらに手を振る人影――に、なぜか覚えがある。

誰だっけ……と考えて、間もなく思い当たった。

そうだ、この人は確か。

「この間の、店員さん？」

先日二ノ宮が紹介してくれたカフェで出会った、二ノ宮の「知り合い」であるという店員だ。わたしの顔を見て、彼の顔は訝《いぶか》しそうに歪んだ――けれど、それも一瞬のこと。ぱっと笑顔になり、我々のいる席に駆け寄ってきた。

「お疲れ、先生！　……と、先生の彼女さんじゃないですか！　こんにちは、カフェではありがとうございました。あれ、彼女じゃないんだっけ？　まぁいいやお久しぶりです、お元気そうで何より――」

「こんなところで何してるんだ、お前」

まくし立てるように挨拶する彼を、二ノ宮のぞんざいな態度が遮った。

ただそれは、いかにも嫌っているというふうではなく、気心知れているからこそいまの状況を疎んじているといった様子だ。先日こそわたしに彼を『知り合い』と紹介したが、

その距離の近さからすれば『友人』と呼んだ方が正しい気もする。

二ノ宮のぶしつけな言葉にも、彼はにこにこと人のよさそうな笑顔を崩さない。

「山田のやつが、学校からここまで荷物運ぶのに人手が欲しいっていうから、その手伝いに。今日の夕飯おごってもらうことで手を打ったんだけど、わりかし楽な仕事だったよ」

「ほぉん。なるほど。わかった。用が終わったならさっさと帰れ」

「いや、このあとまだもう少し、ここで用事があって。それはともかく――」

そこで一度、言葉を切り、直後、彼の首がぐるりとわたしに向いた。ぎょっとするわたしに構わず、先ほどの挨拶と同じようにぺらぺらとまくし立てる。

「それでどうされました彼女さん。浮気調査ですか。別れ話ですか。それともこいつのいかがわしい何かの話ですか？　こいつの友人として一つアドバイスさせていただくと、最近の学生はそういう類のものは基本データ化しておりますので、もしお探しならスマホとかの携帯端末を優先的に調査されると――」

「え、えっと、その」

「瀬ぇ戸！」

はしゃぐ犬に「待て」を命じるような鋭い声で、二ノ宮は彼を呼んだ。

指示に従った彼は、ぴたり、と口を閉じる。二ノ宮が「いま仕事中だから」と今度こそ苛立った低い声で言う、が――

「……え」

わたしがつい呟いたのは、彼らの会話の中に一点、気になったことがあったからだ。

それはもちろん、二ノ宮の『いかがわしい』データの在り処《あか》……などではなく。

「『瀬戸』さん?」

それって、さっきの物語の、エノの。

基本の表情が笑顔なのか、名を呼ぶと彼は、わたしににこにこと笑いかけてくれた。

「ええ、はい。辻見《つじみ》大学法学部二年の瀬戸です。辻見文芸サークルの、笑顔が素敵なアイドル学生、瀬戸紘一《こういち》とは俺のこと。コウイチのイチで、気軽にいっちゃんと呼んでください」

「瀬戸。黙れ」

再度、命令。

そして二ノ宮は、わたしを横目で見た。彼の名を呼んだのは失言だった、とばかりの渋い顔を作っている。

続いて瀬戸に視線を戻し、

「どうでもいいけど、お前のこと『いっちゃん』なんて呼んでるやつ見たことないぞ」

そうなのか。

いずれにせよ。わたしは鞄から名刺入れを取り出すと、椅子から立ち上がった。

「二ノ宮先生の『お友達』さんですね。先日はご挨拶もせず失礼いたしました、和賀学芸《わがかくげい》出版の左京と申します。二ノ宮先生の担当編集をしております」

「わぉ」

わたしの名刺を見て、瀬戸という彼は目を丸くし「社会人だ」と小声で呟いた。

本物の名刺を差し出される機会がまだ多くないのか、彼は慣れない手つきでわたしの名刺を受け取る。まず名刺をまじまじと見て、次に二ノ宮と名刺を交互に見たのち、感心したように二ノ宮に言った。

「先生。お前、本当に作家なんだな」

「いまさら何を言ってるんだ」

「いやぁ、あんまりピンときてなくて」

さっさと行け、と追い払うような手つき。それにも瀬戸は気を悪くした様子一つ見せず、けらけら笑いながら「それじゃ」と食堂を出て行った。

……そんなやり取りを見て。

以前のカフェでも思ったことだけれど、

「瀬戸さんは、先生が作家のお仕事されてること、ご存じなんですね」

「ええ。あいつもそうですけど、近い知り合いには話してますよ。とはいえ、あんまりおっぴらに公開して知らない人間に指さされるのも嫌なので、話している人の数はそう多くないですけどね」

「そうなんですか。……よかったです」

「何がですか?」

「先生が、大学生活を楽しんでいるようで」

すると、二ノ宮が驚いたようにしばたたいた。

そんなことを言われると思っていなかった、という様子。しかし、わたしとしては心からの本音である。

「いえ、先生って学校の同級生にもそういうスカした態度でいらっしゃるんだろうかと常々思っておりまして、そんな方が秘密を抱えつつ学生生活なんてなったら学校で相当浮いているんじゃないかと担当編集ながら心配で——いえなんでもないです」

つい吐いてしまった本音を咳払《せきばら》いで隠そうとしたのだけれど、完全に遅かったらしい。

二ノ宮より向けられる、冷ややかな視線。

「左京さんがそういう目で僕のことをご覧になっていたということはよぉぉっくわかりました」

「そ、それはともかく、もう一度ちゃんと原稿を読み直してみますねっ」

原稿を握り、顔の前に掲げて彼の視線から逃げる。

——ちょうど目に飛び込んできたのは、原稿の『南階段』という文字だった。

もう一度、宣言通りじっくりと、原稿を読み直して。

「……あの、先生。ちょっと思ったんですけど」

「はい？」

顔の前に広げた原稿をゆっくり下ろして、向かいの席の二ノ宮を見る。

時間を置いてから見た彼は、相変わらず腕組みこそしていたものの、そこまで不機嫌そうではなかった。

「先日のカフェの件、あったじゃないですか」

「あぁ、はい」

「もしかしてこれも、もとになった場所とかありますか」

わたしの予想は当たったらしい。二ノ宮は人さし指を食堂の出口へと向けた。

「確認に行きますか?」

やはり。原稿の「寮の南階段」という言葉を見たとき、さてはと思ったのだ。

現場百遍、なんて言った人もいるし、実際に見た方がわかることもあるだろう。わたしはぺこりと頭を下げた。

「お願いします」

「はいはい。ご案内しますね」

紙コップに残っていた水を一気に飲み干すと、二ノ宮は席を立った。わたしも立ち上がり、彼の案内に導かれて食堂を出る——と。

廊下を数歩行ったところで、二ノ宮が突然振り返った。

「……なんでお前も来るんだよ」

「えっ?」

振り返る。

そこにはなぜかさも当然のような顔をして、わたしたちの後ろをついてきている瀬戸がいた。彼はわたしと目が合うと、にこりと笑って片手を挙げる。

「どうも、左京さん」

「あ、えっと、こんにちは」

「挨拶しなくていいです、左京さん」

つい反射で頭を下げてしまうと、二ノ宮に鋭く返された。

「正直は美徳ですが、バカ正直なのは苦労しますよ」と毒も吐かれたのは、先ほどの「スカした態度」発言の仕返しか。

瀬戸は笑顔を崩さないまま、二ノ宮に向けてこう言った。

「いや、深い意味はないんだけど。どこ行くのかなって思って」

「ほぉん。そりゃあ好奇心旺盛でいいこった」

「そんなに褒めるなよ、照れるだろ」

「と思うだろ？　褒めてないんだなこれが。――他人の仕事の邪魔するな帰れ」

男子学生二人のテンポのいいやり取りに、つい笑いが漏れる。

しかし二ノ宮は、それも気に入らなかったようだ。彼の目がじわりと歪み、

「なんですか、左京さん」

「いえ。先生も学生さんなんだなぁ、と」

というか、いつも年上相手の生意気なところばかり見ているから、同世代の人間と年相応な会話をしているのを見ると、ちょっと安心する。

しかしそうして思われることも、彼には面白くないらしい。

「……学生ですけど、いちおう僕は作家ですから。そこのところ、忘れないでくださいよ」

「わかってますよ」

もちろん彼は、わたしたちの大事な作家でもある。

そんなことを伝えると彼は、「……まぁ、なんでもいいですけど」と、不承不承といった感じで頷いた。そして、

「瀬戸。お前、ついてきてもいいけど、俺の仕事の邪魔するなよ」

「わかってるよ」

二ノ宮の棘《とげ》には慣れているようで、つっけんどんに言われたところで瀬戸は気にしていないようだった。許可を与えられたことへの喜びからか、にこにこと笑顔でいる。

「それで先生たち、どこ行くの？」

「南階段を見せてもらいに行くんです」

瀬戸の疑問へ、わたしが答える。

それからわたしは、瀬戸に簡単に説明をした。二ノ宮が物語を忘れた等々のところは省き、いま作っている物語に出てくる場所がこの寮の南階段をモデルにしていること、そこ

を実際に見てみたいと思っていること。実際の場所を見ることで描写にリアリティが生まれるのでは――とかなんとか、適当にそれっぽいことを。

瀬戸はふんふんと、興味深そうに頷きながら聞いていた。

「なるほど。だけど、日常のありふれた場所を物語の舞台にできるとか、プロの作家はすごいなぁ」

「だろ。もっと褒めていいぞ」

「ほんとすごい。そんなすごい二ノ宮花壇先生に折り入って頼みがある」

「どうした。なんでも言ってみろ」

「メシおごって」

「クソが」

ぽんぽん飛び交うラフな会話を聞きながら廊下を行き、さほど経《た》たずに話題の南階段へ到着。一階から二階へ続く階段の踊り場は、まさに彼が物語として書いたものを再現したようだった――いや、逆だ。もともとここにこうしてあったものを、彼が物語として書き上げたのだ。カフェのときもそうだったけれど、わたしが先に見るものが原稿だから、どうしても順番を違えてしまいそうになる。

踊り場は南向きの窓から日が差し込み、食堂よりあたたかい。

窓も作品の描写通り嵌め込み式で、開閉はできないようだ。窓枠には以前鍵があったような跡があるけれど、押しても引いてもびくともしない。その様子を見ていた瀬戸が、こんなことを言った。

「先生、知ってる？　この窓、昔は開けられたらしいけど、管理人さんが開かないように変えたんだって」

「へぇ。それは俺も知らなかった」

「ここから出入りしようとするバカ学生があんまりにも多かったんだってさ」

「ていうかなんでお前、うちの寮生じゃないくせにこの寮の事情に詳しいの」

二ノ宮の問いに瀬戸は、ごまかすように「えっへっへっへ」と笑った。なんとなくだけれど、瀬戸は友達が多そうだな、と思う。

そんな二人の会話を聞きながら――

「もしや」

はたと、わたしの頭に浮かんだものがあった。

「何か思いつきましたか？　左京さん」

「物語の、女幽霊騒ぎに関してですけど、あれはもしや」

「はい」

「かつて窓の開閉が可能だった頃にここから転落して亡くなった寮生が、化けて出ている、とかいう……」

「男子寮ですけど？」

そうでした。

そもそもこの物語はホラーものではない。ぺんぺん、と頭を軽く叩《たた》いて調査を再開。

階段の掃除は隅まで行き届いており、角にも埃はなく、窓ガラスもきれいに磨かれている。窓辺には、物語と同じように花瓶がインテリアとして飾られている。作中と違い何も活けられておらず、中に水もないので、それ自体を楽しむためのものなのか。

その下に敷かれた花瓶敷きは、「やわらかい」と表現されていた作中のそれと異なり、麻で作られた硬めのものだ。二十センチ四方の布の角には、きらきら光るビーズが一つずつ縫いつけられている。

花瓶は透明なガラス製で、これまた南からの日を受けて光っている。これは確か、作中では「割れた」とされたもので、作中の踊り場に飾られていたのは、青い陶器製のもの。モデルとなった実在の階段に置かれた花瓶とは、変えられている。

つまり作中で飾られた陶器製の花瓶と花瓶敷きには、作者二ノ宮の何らかの意図が反映されているわけだ。

……それを考えたとき、わたしの頭に思いつくものがあった。

「もしかして――」

しかし。

わたしがそれを口にする前に、

「にゃあ」

「ぎゃあ！」

いつの間に来ていたのか、わたしたちの足元にタマがいた。

二ノ宮自身は極度の猫嫌いである反面、なぜかタマは彼のことを好いているようで、今回もタマは彼以外の存在には見向きもしない。タマは足音もなく――当たり前か――じりじりと彼に近寄っていく。

一方二ノ宮は、頬を引きつらせ、脂汗をかきながら、後退。

「ぎゃっはっは、先生顔ヤベェ」

「うるせぇ！」

指さし笑う瀬戸に、当然ながら余裕のない表情で叫ぶ二ノ宮。

「せ、先生。大丈夫ですか。――タマ、こっちおいで」

「ははは、ご心配なく。大丈夫です大丈夫です大丈夫ですよおいこっち来るなバカ猫！」

「にゃあ」

強がりたいようだが明らかに失敗している。タマの意識を逸らそうと名前を呼ぶが、タマはこちらを見もしない。

踊り場という場所の特性上、空間の狭さはいかんともしがたい。

とうとう壁際に追い詰められた二ノ宮は、素早く手をジーンズの尻ポケットに入れ、何かを取り出し――

「どっか行けバカ猫！」

ポケットから取り出した何かを、階上へ向けて大きく投げた。

瞬間、タマの意識は二ノ宮からその何かへと移る。タマは「にゃーん」と一声、方向転換。その「何か」を追いかけて階段を駆け上がり、上の階へと姿を消した。

タマの様子を確認しに、階段を上がってみる。タマは二ノ宮の投げた獲物を捕まえて、嬉しそうに床をごろんごろん転がっていた。

あらかわいい。……じゃなくて！

「だ、大丈夫ですか、先生」

「ふん。所詮はバカ猫、なんてことありませんよ」

踊り場に戻ると、二ノ宮はそう答えた。

頰は青ざめ、膝は笑っているけれど。

「何を投げたんですか？」

「おもちゃです。けりぐるみっていうんですか、猫用の」

二ノ宮がポケットから取り出したのは、白い毛玉のような。いかにも猫が好きそうな、もこもこしたボールだった。

これと同じものを、わたしは見たことがあった……今日、管理人室で。

「持ち歩いてるんですか。いつも？」

「これが一番、やつを追い払うのに効率的だと気づいたので」

袖で脂汗を拭いながら鼻で笑い、「所詮は小動物よ」と余裕に満ちたことを言うが、ずれた眼鏡を直す手も震えていては格好がつかない。けれどそれを伝えるのは追い打ちをかけるようでかわいそうだったので、黙っていた。

どうやら『タマのあしながおじさん』の正体は二ノ宮だったらしい。確かに管理人さんの言う通り、悪意からのプレゼントではなかったが、そのあだ名に見合うほど善意溢《あふ》れる理由ではなかったということだ。

階段に座り込んだ二ノ宮が、肩を落とす。

「だけど、僕のことを『おもちゃをくれる人間』として認識したのか、ここ最近、どうも以前以上に絡まれるように——」

「いや」

しかし、それを否定する声があった。

瀬戸が携帯電話を操作している。

「違《ちげ》ぇよ先生。それ、そのおもちゃのせいだろ」

「……は？」

「ほら」

そして瀬戸は、わたしと二ノ宮へ携帯電話の画面を見せた。

ペット用品の通販サイトで、二ノ宮の持つおもちゃと同じものの写真が表示されている。

「ここ、ここ」と指さしたのは、『誤飲防止』『ストレス発散』などと一緒に書かれた文言、

「『またたびの香りつき』……？」

理解した二ノ宮は、何かを言う気力も失ったようで、額に手を当ててため息をついた。

「四六時中、ポケットからそんなにおいを漂わせていたせいで、タマが喜んでしまったんですね」

「おまけに、おもちゃもくれるしね」

駄目押しのような、瀬戸の一言。

そして。

——気づいたことはもう一つ。

わたしは自分の携帯電話を出して、検索画面に言葉を打ち込んだ。

「どうかしましたか?」

「いえ、ちょっと」

画面の『検索』を人さし指でタップ。

出てきた検索結果は、わたしの想像のとおり——

「……これですね」

「はい?」

わたしは二ノ宮へ、携帯電話の画面を向けた。

彼が、そして一緒に瀬戸も、画面を覗き込む。

わたしは言った。

「作中のカダンは、きっと、『猫除けに成功した』んです」

二ノ宮とは違って。

――きっとそれが、あの物語の『解決パート』だ。

この寮の寮生でない瀬戸がここに留《とど》まっていたのは、他の寮生と約束をしていたためらしい。それをすっかり忘れて我々と行動を共にしていた彼は、待ちぼうけを食らわされていた寮生に見つかり、さんざん文句を言われながら、どこかに引きずられていった。

というわけでわたしと二ノ宮は、二人で食堂へと戻り、『解決パート』の話をすることにする。

いまわたしの手元にあるのは、紙コップに注がれた水と、説明しやすいよう先立って赤ペンを引いておいた原稿。向かいの席でノートを広げる二ノ宮へ、わたしはわたしの考えた『推理』を披露する。

「大事なところはおおまかに、女の声、花瓶、南向きの窓。これ、共通点があります」

「共通点？」

「はい」

繰り返す二ノ宮へ、わたしは頷いた。

「物語の中で、花瓶には植物が活けられていました。……植物の名前、『チクマハッカ』って書かれてましたよね」

わたしはそう喋りながら原稿を読み返し――あらためて気づいて、なるほどと思う。その植物の名前を調べたマコトに教えたのは、カダンだった。

「チクマハッカって何だろうって調べたんですけど、別名があるんです。イヌハッカとか、あと――『西洋マタタビ』とか」

「マタタビ、ですか」

携帯電話で検索をして調べたのなら、西洋マタタビという名称も一緒に出てきただろう。だのにカダンは、マコトに対してその名称を教えなかった。それを茶としたときの効能とか、そんなことばかりを話した。

チクマハッカという名前の響きから想像できることは、筑摩《ちくま》のものであるのか、とか、薄荷《はっか》の一種か、とか、そんなぼんやりしたことしかない。だけど、西洋マタタビと呼ばれれば印象はまた変わる――だいたいの人間は、その名称から、同じものを連想するだろう。

「猫ですね」

二ノ宮が言って、わたしは頷いた。

小動物が、酔っぱらったようにぐんにゃりと転がりまわる姿。わたしはそれを愛らしいと思うけれど、二ノ宮やカダンは、どう感じるだろう。

「それだけではないです」

原稿の赤線を指でなぞりながら、わたしは話を続ける。

「猫はあたたかい場所を好みます。南向きの窓のある階段は、日中は適温に保たれています」

言いながら、考える。日当たりのよい場所でマタタビに似たにおいを嗅ぎながら、伸びきって眠る三毛猫の姿。かわいい。とても。

「花瓶を置いたもう一つの理由として、猫は狭いところ、物陰を好みます。そのための空間作りのためです」

「ガラス製のものから取り替えたのも、猫のためですか」

「おそらくは。猫は水入りのペットボトルを嫌う、なんて話がありますよね……いまではあれは、ガセなんて言われてますけど。でも、光を乱反射するものを嫌う個体は少なくないです。それを防ぐために、カダンは花瓶を陶器のものに取り替えたんだと思います」

物語の中であの花瓶は、安物のようだと書かれていた。それは言い換えれば、学生の財布でも手が届く程度のものということだ。

それから。——物語の彼らが、これを調べるに至った最大の理由。

「聞こえてきた女の声は、小型のレコーダーか何かを設置しておいて、何かが近づいたらセンサーで再生するようにしていたんだと思います。それもまた、猫のためです。猫は高い声を——女性の声を比較的好む傾向にあります」

おいで、おいでと呼ぶ女の声。それは、猫を呼ぶ声だったのだ。

「他の人が、その声を聞かなかった理由は？」

「女性の細い声なんて、日中はざわめきに紛れます。学生が、階段の行き来の間に足を止めて耳を澄ますことなんてそうないでしょうし、たとえ聞こえたとしても、遠くに聞こえる女性の声なんて、気にかけるほどのものではないです。——静かになる夜間は、普段は切っていたんじゃないでしょうか。それをたまたま切り忘れたところを」

「エノが聞いた、ということですか」

わたしは頷いた。

そもそも、日の落ちた夜の階段に、猫の好むぬくもりはない。作中の『寮の飼い猫』も、夜間は食事とベッドの用意された本来の部屋に帰るだろう。

「カダンは、『寮の部屋の位置関係上、南階段はほとんど使わない』と言っています。また、作中でカダンは、なぜか上機嫌でした。それは、苦手な猫を自分の居住空間外へ追いやることにまんまと成功したからじゃないですか？」

「ふふん」

二ノ宮が、肩を揺らして笑った。

その様子はいたく楽しそうだ。

「幽霊ではなくカダンが犯人だという証拠は、どうやって見つけましょう」

「事件から数日前、チクマハッカを活けていた——あるいは寮内でチクマハッカや花瓶を持ち歩いていた学生を捜せば、目撃者の一人や二人は見つかるんじゃないでしょうか」

カダンは完全犯罪を企《たくら》んでいたわけではない。あくまで、猫を自分の生活範囲から遠ざけようとしていただけだ。証拠を見つけるのは難しいことではない。

彼の身辺をさらに詳しく調査できるなら、彼の自室に、チクマハッカの葉と汁がついた服や持ち物があるだろう。センサーつき小型レコーダーの領収書、もともと置かれていたガラスの花瓶。そういったものも、彼の部屋にあるはずだ。

——といったところで、どうだろう。

二ノ宮を見る。彼はわたしの話したことを、ノートにボールペンでつらつらと走り書きしている。ときどき手が止まり、頭の中で整理するように目を伏せて……また手が動く。

しばらくの無言ののち、書き終えたらしい二ノ宮がわたしを見た。眼鏡の向こうの目を細めた彼が言うことは、

「ありがとうございます。その流れで書いてみようと思います」

どうやらわたしの『推理』は、彼のお眼鏡に適《かな》ったようだ。

よかった。頭を動かし続けた反動か、少し重たく感じる頭をそのまま前に傾けて、「どうぞよろしくお願いします」と礼をした。

話はそこで終わるかと思った——が。

「……ところで、左京さん」

不意に二ノ宮が、わたしを呼んだ。

頭を上げると、彼は不思議な表情を浮かべていた。笑っているけれど、困ったようでもある。少なくとも、解決パートの草案ができあがって喜んでいるという顔ではない。

「なんですか？」

「どうしてそんな顔してるんですか？」

「え？」

だけど二ノ宮からしてみれば、わたしの方こそ指摘されるような顔をしていたらしい。

しかし、変な顔をしていた自覚なんてなくて、頬を撫でながら尋ねてみる。

「あの、先生」

「なんですか?」

「わたしいま、どんな顔してますか?」

鏡がないのが悔やまれる。

すると二ノ宮は、うーん、と唸り、

「そうですね、例えるなら」

「はい」

「機嫌の悪い豚みたいな顔」

わたしの鼻が「ぶひ」と鳴った。

「そんな顔してません!」

「でも、虫の居所が悪いのは事実でしょう?」

にやにや笑う二ノ宮。豚のような顔をしていたというのは断固否定したいが、あまりいい気分でないことは事実なので何も言い返せなくなる。

そんなわたしに、彼は。

「言いたいことあるなら、どうぞおっしゃってください」

「いえ」

わたし自身の心のうちのことだ。自分が不機嫌な理由が、わたしにはわかっていた。

だけどそれはあくまで個人的な嗜好《しこう》の問題で、担当作家に伝えるべきことではない。だから「なんでもありません」と首を左右に振ったのだけど。

二ノ宮は納得しなかった。腕を組み、苦笑を浮かべて、

「僕の話を読んだ身内に、理由もわからずそんな顔される方が気になります。なんでも聞きますよ。少なくとも、身内に何か言われてめげない程度の覚悟は持ってモノを書いているつもりです」

そうとまで言われてしまっては、伝えないという選択肢はなくなってしまう。

しばらく待ってみたけれど、彼に諦める様子はなく——笑顔のまま、わたしを待っているものだから。わたしは観念して、

「……あの」

「はい」

「……お話、よくできてるなと感じました。なるほどなとも思いました」

「はい」

「先生が忘れちゃったところも、ちゃんとつじつまが合うものを提案できたし、よかったなって思ってます」

「はい」

「だけどですよ。だけど、だけどですね」

だけど。

ただ一点、わたしがどうしても納得できないことは。

物語の出来とか、内容の整合性とか、そういうことではまったくなく……

……追いやるとか遠ざけるとか、あっち行けとか――気持ち悪いとか！

「あんなにふかふかでころころしてかわいいものに、どうしてそんなことが言えるんですかぁ！」

噴き出した猫好きの不満は、寮の全室に届いたのではないかと思えるほど轟《とどろ》いた。


「と、いうことがありました」

「なるほど」

戻ったオフィスにて、隣の席の先輩高山《たかやま》にことのあらましを話すと、彼は笑いを噛み殺したような声でそう答えた。

――あのあと。

二ノ宮に、猫がいかにかわいいか、ふかふかころころはいかに癒しであるかを思う存分語ってから、わたしはオフィスに戻ってきた。気の済むまで語ったおかげで戻れたのは夕方になってしまったが、無駄な時間を過ごしたとは思わない。なぜなら、

「先生は笑顔でわたしの猫話を聞いてくださったので、きっと猫のかわいさが伝わったと思います！」

「あいつの顔、めちゃくちゃ引きつってなかった？」

「そんなことありません！　猫という生き物がいかにかわいいものであるかを話しただけですから！」

「『なんでも聞く』って言った手前、あいつも引くに引けなかったんだろうなぁ」

「ふかふかころころ！」

「俺は聞かないぞ」

耳を塞ぎイヤイヤの仕草をする高山。付き合いのよくない先輩である。

しばらくして耳のシャットアウトを解いた高山は、わたしに向けてこう尋ねた。

「で、俺にその話を聞かせてお前はどうしたいわけ？」

「猫のかわいさを説きたいです」

「そっちの『話』じゃねぇ」

否定。

では、何のことだろう？

「なんで俺に、今日お前が二ノ宮と話したことの詳細を聞かせたのって話」

「ああ」

そっちか。

納得して、わたしは鞄から、二ノ宮との話――猫ではなく物語の話――に使った原稿の束を取り出した。

「この間のカフェの話で、わたし、全然違う解決パート考えちゃったじゃないですか。だから、念のため高山さんにも意見をいただければと思って」

「内容確認ってことか」

「駄目ですか？」

二ノ宮の前担当でわたしの先輩とはいえ、頼りすぎだろうか。原稿を引っ込めようかと迷ったけれど、

「ま、ダブルチェックは大事だな」

受け取ってくれたので、わたしは安堵《あんど》とともに「ありがとうございます」と礼を言った。

手渡された高山は、無言でそれをぺらぺらめくっていく。読む速度はわたしよりはるかに早く、本当に読んでいるのかと少し疑わしく思ってしまう――けれど彼の目は確かに文章を追っていた。

二ノ宮の書いた出題パートののち、わたしがペンで書いた『推理パート』まで一切を読み終えると、彼は原稿をわたしに戻した。

「うん」

わたし――たち――の作ったものへ高山が下した判断は、

「いいと思う」

「ほんとですか」

「嘘ついてどうするよ」

特に俺から指摘することはない。そう言われて、わたしの口から、えっへっへっへ、と笑みが漏れた。

「何だよ、変な笑い声上げて」

「照れ隠しです」

「隠れてないんだよなぁ」

その指摘も、いまのわたしは気にならない。

二ノ宮も納得し、高山のお墨付きも得た、完璧な解決パート。嬉しくて、ぺしぺしと高山の肩を叩く。

「うふふ。ここまで来れば、あとは先生の原稿が上がってくるのを待つだけです。二ノ宮先生は、筆がのれば執筆速度自体は遅くないですからね」

「ああ、あいつ、昔から書きはじめたら早いよな」

そしてそれにも高山が同意してくれたので、もうこの物語の進行におけるボトルネックはないのだと確信する。

わたしは大きく諸手を挙げた。

「もうこれは終わったも同然ですね！」

「油断するなよ。変なところで足もと掬《すく》われるぞ」

「何をおっしゃる。お疲れ様でしたわたし！　ばんざーい！」

今晩は祝杯だ！　——と。

高山の忠告も聞かず、ぬか喜びをしたわたしが悪かったのだろうか。


それから、数日後。

「もしもし、先生」

「はい、どうも。二ノ宮です」

わたしはとてもとても低い声で、二ノ宮に電話をかけていた。

「しかし今日は特別にブッサイクな声してますね左京さん」

声に対して不細工とは言わなかろう、と思うけれど本日の論点はそこではない。

「先日の原稿がまだ送られてこないのですが、どうかされましたか」

そう。

先日顔を突き合わせて散々話し合ったあの物語の原稿が、いまだ届いていないのだ。

神経を逆撫でする二ノ宮の軽口は無視し、電話の理由を口にすると、

「実はですね」

二ノ宮は声をひそめた。

「原稿を送れていないことには、海や谷より深い理由がありまして」

「……と、いいますと」

どきり、と心臓が跳ねる。

まさかわたしはまた、間違えてしまっただろうか。それとも彼の健康に何か？

「どうなさいました」と、神妙に彼の言葉を待つ。彼がわたしの問いかけに、怪談でも語るかのような口調で告白することは。

「実は、僕ですね」

「はい」

「猫が苦手なんですよ」

「はい」

「それで、今回のオチってもうなんていうか猫じゃないですか」

「はい」

「で、ふと冷静になって立ち返ってみたんですよ」

「はい」

「そうしたらなんというか、まぁ、正直な話……」

そこまで聞いて、思い至るものがある。

まさか。

——まさかとは思うけれど！

「ぶっちゃけ猫とか書くのやだ」

「やっぱりか！」

電話口から告げられた二ノ宮の結論へ、つい叫んだ。

「ていうか、あのあと、現実であの解決パート再現してみようと思ったんですけど、本当に猫って気まぐれですよね。いろいろ買い込んで『お前のための居心地いい場所ですよ』って場所を作ってやっても、現実のタマは見向きもしないんですもん。はぁ、嫌だ嫌だ」

「嫌でもなんでも原稿は出してくださいよぉ！」

「んぁー、はい。善処します……もぁ」

最後の「もぁ」は、断言してもいい。あくびを嚙み殺そうとして失敗した音だ。きっと、聞こえのいいことを言っておきながら、電話を切ったあとはまず一眠りとかいう腹だろう。

しかし、そうはさせない。彼の担当編集として！

「であれば、これからすぐにお伺いして五時間くらい先生の耳元で延々と猫のかわいさを語って、先生を猫好きにするしかないのではなかろうかと……」

「超急いで仕上げます！」

張りのある声での宣言。のち、電話がぶつんと切れた。

しかしあの様子なら、なんとか原稿に取りかかってくれるだろう。ふんっ、と荒く息を吐く。

すると、横のデスクでぱちぱちとキーボードを叩いている高山が、こちらを見ずにのんびり言った。その物言いはどうやら、我々にあきれているようだった。

「お前たちは本当、毎日楽しそうだなぁ」

「まったく楽しくありません！」

その目は節穴か！

四　うちの作家は掃除ができない

わたしの仕事用パソコンは、デスクトップの壁紙に、子猫の写真が設定されている。まんまるのクッションの上に二匹の猫がころんと転がった、この上なく愛くるしい一枚だ。仕事上で嫌なことや不安になることがあっても、これを見ればすぐさま平静を取り戻すことができる。

その他、デスクの中に常備している一口サイズのミルクチョコレートや、デスクの端にちょこんと陣取るクジラのマスコットチャームも、わたしが常に穏やかな心を保つために必要不可欠なものだ。職場環境をよりよくするためのわたしの工夫であり、努力だ。

……しかしそんな、わたしのかわいらしい工夫も努力も——

「あっまたやっちゃいましたスミマセンあっはっはっはっ」

と。

悪びれもなく〆切《しめきり》を破ってくるクソガキの手にかかれば、いとも簡単に台なしになるわけである。

「はい、はい。……では、後ほど伺いますので。どうぞよろしくお願いいたします」

わたしは携帯電話の通話終了ボタンを押すと、長く長く息を吐いた。

原稿が一向に送られてこない担当作家に連絡をすれば、今回も今回とて例の『推理パートを忘れる』悪癖を発症していたのだった。

電話の向こうで「いやいやまったく困ってしまいました」とへらへら笑う二ノ宮《にのみや》の態度をどう汲《く》んだとしても困っているようではないが、彼も一応は作家だ。原稿を書き上げられず悩んでいるのは事実だろう……

というか彼が悩んでいようがいなかろうが、原稿が届かなければこちらが困る。

しかし、思い返してもあのクソガキのあの態度よ。

「よう、左京《さきよう》。いつも通りストレスたっぷり溜《た》まってるな？」

そのとき、一脚の椅子がするりとわたしの脇に寄ってきた。

「煮干し買ってきてやろうか。カルシウム摂《と》れよ、カルシウム」

「いりません」

あたたかいお心遣いを、丁重にかつはっきり辞退させていただく。

わたしは机の引き出しを開けて、チョコレートの大袋を取り出した。右手を突っ込みわしづかみして一気に口に放り込むと、今度は視界に入ったマスコットチャームを取り上げ、八つ当たり気味にぎゅうと握る。握りしめる。触り心地のよさととぼけた顔が売りの癒し系が、わたしの手の中で苦しそうな顔を作ったのを見て、ようやくわたしの心は幾分か安定した。——まったく。

寄ってきた椅子に座っているのは、先輩である高山《たかやま》だ。隣の席でわたしの通話に聞き耳

を立てていたのか、机の上に放り投げられた携帯電話を指で示し、

「また、二ノ宮のあれか？」

「そうです」

わたしはもう一度、チョコレートをひとつかみ口に運んだ。目を固く閉じもっぐもっぐと噛《か》み砕き、感覚のすべてを甘さで満たして自分を癒すことに励む。

そのとき、高山が咳払《せきばら》いをした。

……ん？

その咳払いに、何か、言葉にしがたい不自然さを感じて、まぶたを上げる。

高山は急いで顔を背けた——どうやらそれは、彼の緩んだ頬を隠すためのものだったらしい。

「なんですか」

「いや、なんでもない」

可能な限り鋭い目を作って睨《にら》みつけるも、高山はひらひらと手を振るのみ。

椅子を転がして席に戻ろうとするから、背もたれをつかんで止める。そして、重ねて「なんでもなくはないでしょう。なんですか」と尋ねれば、彼はようやく観念したようだった。

高山は、緩んだ頬はそのままに、眉を寄せる。「マジでたいしたことじゃないんだけど」と前置きつきで、こんなことを言った。

「俺のできなかった経験をしている後輩が羨ましいなぁって、それだけ」

早口で言われたそれを、理解するには時間が足りなかった。

彼が何を羨ましがっているのか、いやそもそも「彼のできなかった経験」がいまのわたしの何を指しているのかすらわからず、さらに問いを重ねようとする。

「待ってください、高山さん。それ、どういう」

「さて、俺もそろそろ出ないと約束の時間に間に合わないなぁっと」

しかし高山には、わたしの疑問に答える気はさらさらないようだ。

椅子から立ち上がることでわたしから逃れ、いかにもわざとらしく伸びをする。そして自分の机にある鞄《かばん》をつかむと、「打ち合わせに行ってきまーす」と足早にオフィスから出ていってしまった。後ろ姿を目で追ったけれど、高山が振り返ることはなかった。

逃げられたのだ、ということはすぐにわかった。

「……高山さんのあれ、どういう意味ですかね？」

「さぁ。わたし、二ノ宮先生の担当したことないから」

向かいの同僚に尋ねるも、当然のことしか返ってこない。

どういうことだろう。首をかしげるも、やはりピンと来るものはなく——

ただ、余計なことを長々と考えている暇はなかった。先ほど二ノ宮にアポイントを取りつけたのだから、わたしも外出しなければならない。

重い腰を上げる。そして手始めに、チョコレートの大袋を机の引き出しへと戻した。

――おや。

本日わたしが二ノ宮に呼ばれた場所は、いつもと変わらず、彼が根城とする学生寮。しかし、いつもと違っていたのは、寮の外で彼がぽつんと立っていたことだ。

誰かと立ち話をしているわけでもない。肩から鞄を掛けたまま、寮の入口から数メートル離れた場所で、なぜか一人立ち尽くしている。

わたしの到着を待ってくれていたのだろうか？　しかし寮の外で彼が迎えてくれるなんて、そんなことといままでただの一度もなかったし、そもそもそうだとすれば、彼の見ている方角が違う。彼はしかめっ面で寮の玄関前を凝視している……

……とそこまで観察して、はたと気づく。

なんということはない、ただ玄関前で堂々と、寮の飼い猫タマが寝そべっていたのだった。猫嫌いの二ノ宮にはそれが邪魔で、寮に入れなくなっていたのだろう。

わたしはそっと、二ノ宮の背に近づいて。

「にゃあ」

「ぎゃっ⁉」

二ノ宮は、わたしの声かけに面白いように飛び退《の》いた。そののち青い顔で振り返るが、そこにいるのが人間であることに気づいて逃走の姿勢を解く。

「こんにちは」

「……左京さん。来たんですね」

余裕を見せたいのか笑おうとしているようだが、頬は引きつっていて、右手は自身のシャツの胸もとを固く握っている。その様子に、ちょっとだけわたしの溜飲《りゅういん》が下がった。

「お約束通り来ましたよ。先生の原稿がいつまで経《た》ってもいただけないので」

「あっはっはっお恥ずかしい。すぐ用意しますので、あのクソ猫どかしてください」

人さし指を真っ直ぐに、三毛猫タマを示す。

わたしはあくびをしているタマに寄り、「ちょっとごめんね」と断ってから持ち上げる。胴体を持ち上げられて両手両足をぷらんとさせたタマは、短く「うぁん」と鳴いたものの、暴れたりはしなかった。

タマを管理人室に預けつつ、八神《やがみ》さんに挨拶をして、わたしはいつもの食堂で待機。しばらくして、原稿一式を持った二ノ宮が現れた。

彼はわたしの向かいに座り、あらたまると、原稿の束を差し出す。

その姿も、わたしにはもう、見慣れたものだ。

「よろしくお願いします」

「ありがとうございます。拝読します」

束を受け取り、目を落とす。

喜ばしいことに、今回も渡された原稿の登場人物たち全員に氏名がつけられている。

例によって例のごとく解決パートの忘れられた物語は、こんな様子で始まっていた――

「私はその日、カダンに、彼の通う大学に呼び出されたのだった」。

＊　＊　＊

「原稿があがりました！」との自信満々の電話をカダンからもらったのは、本日の夕方四時頃のことだった。

ちなみに当初の〆切として取り決めた日は一昨日で、つまり完全なる〆切破りということになる。たった二日しか破ってないじゃないですか褒めてくださいとたわけたことを電話口から言われたが、二日だろうが完全に〆切をぶっちぎっているわけで、こちらの進捗はそれだけ遅れているわけである。

さっさとメールで送ってくださいと告げたものの、インターネットにつながらない環境におり、そこから離れられない状況にあるとのこと。

「少し厄介な状況に置かれていて、それに関してもちょっとマコトさんの知恵をお借りしたいです」と言うので、私はしぶしぶ彼のもとへ赴いたのだった。

大学の正門にたどり着き、電話をもう一度かける。コールは二度ほどで、すぐに彼は出た。

「あ、マコトさん。呼び出してすみません、いまどちらに？」

「正門におります。来ていただけますか？」

「うーん。すみません、ちょっと僕の言う棟に来てもらえますか？　電話で道案内しますし、そこから迷うほどに遠くはないので」

無関係な人間が学内に勝手に入って大丈夫だろうか。迷うものの、「大丈夫ですよ、ばれやしませんって。マコトさん、社会人っぽさとか威厳とかないし」一言多い。

門の脇にある警備室の中で、警備員がおおあくびしたのが見えた。私は警備員に心の中で「ごめんなさい」と謝罪して、キャンパスの中に足を踏み入れる。

学生たちが笑い合いながら構内を歩いている。まだ授業がある者、サークル活動に向かう者、帰ってバイトに向かう者など様々だろうが、担当作家の誘導でどこかに向かわされているのは、おそらく私だけのはずだ。

「そこ右に行ってください。すると学生生協が見えるので……そう、その棟の四階に」

携帯電話からの声に従って到着した建物に、足を踏み入れる。見るからに年季の入った建物だが、

「エレベーターは……」

「すみません、ないです」

電話口から届けられる、非情な宣言。階段をえっちらおっちら上らされる。

息を切らせながら上り切った先のフロアをさらに歩かされ、ようやく一枚のドアを開けると、そこに目的の人がいた。

椅子に座ってリラックスしたように足を組んだその人の笑い顔と、私の握った携帯電話

からまったく同じ声がした。

「お疲れさまでした、マコトさん」

「……お世話になっております、カダンさん」

呼吸が戻らず肩で息をしながら、なんとか挨拶をする。

しかしここは何の部屋だろう。こぢんまりとした部屋だが、書籍や書類など、ものが多く雑然としていて、それが余計に窮屈に感じられる。テーブルの上には開けたままの菓子とプラコップ。学生たちの鞄もそこらへんに雑に置かれている。

散らかりようからしても、講義をするような場所ではない。おそらくは、何かのサークルあるいは団体の、活動場所のようだ。奥から私を観察するような視線を向けている数人の学生が、きっとここの住人なのだろう。

カダンが大学で何かのサークルに所属しているという話を聞いたことはないが、さて、どうして私をこんな場所に呼び出したのか。そんなことを考えつつも、私が彼へ本当に言わなければならないことは、それではなかった。

「原稿をください」

そう。

この一言である。

しかしカダンは、すぐに原稿データを引き渡してはくれなかった。両手を肩の高さまで上げて「降参」のような姿勢を取って、

「ええ、もちろんお渡しさせていただきます。ただ、ちょっと一つ、解きたい謎があって――」

「――カダン。こちらの方は？」

と、私とカダンの会話に入ってきたのは、部屋の奥にいる学生の一人。

ソファに座った眼鏡の女子学生だった。突然現れた見知らぬ人間を疎んじている――というよりは、単純に私が誰だかわからず戸惑っているようだ。

カダンは私に対する現状説明より、女子学生への私の紹介の方が早く終わると踏んだようだ。彼は女子学生を向き、私を示して、一言「助っ人」と言った。

「助っ人？」

「そう。ちょっと知恵を借りようと思ってね。俺が仕事で世話になっている担当の編集さんだよ」

「っていうことは、ミステリ小説の編集者さんってこと。……なら、確かに力になってくれそうね」

彼女はなお眉を寄せてこそいたが、納得はしたようだった。私の方に向き直り、深々と頭を下げてくれる。

「こんにちは。このサークルの副部長を務めているアイザワです。どうぞよろしくお願いします」

「はあ、ご丁寧にありがとうございます……って」

　何をよろしくしたらいいのか。アイザワと名乗った女子学生につられて頭を下げかけるが、一切の事情を聞いていないことに気づく。

「カダンさん、私にも説明してください。この部屋は、何なんですか。謎って、どういうことですか？」

　カダンは「よくぞ聞いてくれました」とばかりに、えっへっへ、と笑った。

「僕の知り合いのエノ、覚えてます？」

「え？　あ、はい」

　覚えている。先日、縁あって知り合った、カダンの友人の名前だ。

「実は先ほど、やつが謎の腹痛で倒れまして」

「えっ」

　さらりと言ったけれど、大変なことではないか。食中毒？　病気？　救急車は——しかしカダンは案ずる様子も見せず、ただ小さく首を傾《かし》げ、なんでもない様子で続けた。

「意地汚いやつですから、どうせどこかで賞味期限切れのものを拾って食うか何かしたんだろうと思っていたんですが」

「拾って食うって、そんな犬猫じゃあるまいし」

「比喩ですよ、もちろん」

　話の腰を折られたことは気にも留めず、カダンは説明を続ける。

「で、いまはアオキ寮……このキャンパスの裏にある男子学生寮で、散々吐いて寝込んでいるわけですが。あいつ、うわごとで『サークルのやつが、俺に毒を盛った』というような趣旨のことを言っているんですよ」

「毒⁉」

つい大声を上げてしまった。それが本当だとしたら、学生らで解決できる範疇《はんちゅう》の事件ではあるまい。

だが私の驚きとは対照的に、カダンは淡々と状況説明を続ける。

「エノはそのまま眠ってしまったもんですから、どういう意図を以《も》ってそんなことを言ったのかわかりませんし、本当に誰かが毒を仕込んだという保証もない。ただ、毒物事件なら放っておくわけにいかないでしょう。だから念のため、僕がサークルの様子を見にきたんです。そうしたら——彼らはここで今日、菓子を持ち寄ってお茶会を開いていたそうで」

「で、でも！」

否定の言葉は、部屋の奥から聞こえた——アイザワではない。

彼女の隣に座っている男子学生だ。声が震えているのは、毒物事件という言葉の物騒さからか、あるいは自分にかけられた嫌疑への恐ろしさからか。

「俺らに毒が仕込めるわけないのは、さっきカダンにも話したじゃないか」

「そうだね、ハトリ」

反論に、しかしカダンは動じない。

カダンはハトリと呼んだ彼に向け、ゆっくりと深く首肯して、

「だから、助っ人を呼んだんじゃないか」

その言葉とともに、私を見た。そして——

「ねぇ、マコトさん?」

と、どこか楽しそうな様子で、私の名前を呼んだわけだ。

＊　＊　＊

「あれ?」

物語の登場人物に、聞いたことのある名前が混じっていて、わたしは手を止めた。

「また『エノ』さんだ」

「今回は被害者になってもらいました」

二ノ宮はからからと笑いながら肯定した。エノ——以前の幽霊騒ぎの物語にも出てきた、カダンの友人。名づけの由来とモデルは、二ノ宮の友人であり、わたしとも面識のある瀬《せ》戸《と》という学生だ。

「賑《にぎ》やかなアホなんで恨みも買いやすいでしょうし、被害者にうってつけだなと思って」

モデルである瀬戸とまた何か小競り合いでもしたのか、さらっとひどい言いようである。

しかし事件の被害者扱いとは、瀬戸が聞いたら、さすがの彼も怒って抗議するのではなかろうか——わたしがそんなことを言ってみても、二ノ宮は涼しい顔で。

「構わないでしょ。もし不機嫌になったとしても、メシでも奢《おご》ればすぐ機嫌直りますよ」

友人に対し、その認識もどうかと。

思えば先日会ったときも、彼らは互いをたいへん雑に扱っていた。男子学生の友情関係とは、何を以って保たれているのやら。

そんな疑問を口にすると、

「さぁ、何でしょう。食欲ですかね」

……賑やかなアホだの、被害者向きだの。そんなふうに呼んでも仲違いをしないあたり、わたしにはわからない絆《きずな》のようなものがあるのだろう。

そう結論づけて、わたしは再び原稿へと目を落とした。

現場へとたどり着いた主人公に対し、これより容疑者の紹介が行われる。

＊　＊　＊

「ここは文芸サークルの活動場所です。——いわゆる部室ってやつですね」

視線を交わし、しばし互いの様子を窺《うかが》って。

結局、状況説明の口火を切ったのは、アイザワと名乗った女子学生だった。

ちなみに部室の中には、いま、私とカダンを含めて六人の人間がいる。部外者が二人だから、「容疑者」と呼ぶべき人は四人。

「私はこのサークルの副会長を務めている、二年のアイザワです。会長はこっちの、三年のタキグチさんで、こっちのハトリが会計。あ、ハトリは二年」

タキグチと紹介されたショートカットの女子学生が小さく頭を下げ、続いてハトリも首をすくめるような礼をする。会長と役職はついているものの、実際のリーダーシップはアイザワが取っているようだ。アイザワ、タキグチ、ハトリ。さてもう一人は――

「この子はクズミさん。一年生。……つまんないことに巻き込んじゃって、ごめんね」

「い、いいえ」

穏やかな、気遣うアイザワのそれに、クズミはか細い声で答えて首を振った。

少し会話に間が空いたので、気になったことを尋ねてみる。

「部員はこちらにいらっしゃる皆さんと、寮にいる彼の五人で全員ですか？」

「いいえ、他にもいますよ。四年が四人、三年が二人、二年と一年が三人ずつ。他の部員は、今日は予定があって来ていません。まぁ、四年生は忙しくて、最近はほとんど来ないですけどね」

「エノは僕と同じ学年なので、二年です」

というのはカダンの追加情報。

「今日は四限のあと、茶会を……ええと。ちょっと待って。どこから説明したらいいのかな」

「僕が説明を引き継ぎましょう」

悩んでしまったアイザワの代わりに、カダンがひょいと手を上げた。

「この文芸サークルの活動は、文芸という名を冠するだけあって、基本的には読書、物語の考察、物語の執筆なんかを行なっています。が、その他にも、他のサークルと協力して創作活動をしたり、依頼を受けたりもしています」

「依頼？」

「たとえば演劇サークルの脚本を依頼されたり、絵画系サークルが個展を開くとき、チラシやポスターに書くキャッチフレーズを考えたりとか。逆に文芸サークルからどこかに依頼をすることもありますね、写真サークルや絵画系サークルに、部誌の表紙になりそうな一枚を恵んでもらったり」

「なるほど。ところでカダンさんは、どうしてこのサークルの活動に詳しいんですか？」

「『作品の講評をしてくれ』ってときどき呼ばれるからですよ。一応そういうののプロではあるので。……僕は評価とか、苦手なんですけどね」

気まずそうな表情をしている——話が脱線。僕の話はいいでしょう、とカダンはふらふら右手を振った。

「ただ、サークル同士の金銭のやり取りは、学内の団体活動規定で禁止されています。なのでお礼として用いられるのが、お菓子だったり飲み物だったり、いわゆる『消えもの』なわけです。現物支給って言った方が正しいかな？」

「今回は、演劇サークルから脚本のお礼として、ここにあるお菓子と、その二リットルジユース。あと、小さなブーケをもらったわ」

アイザワの説明が戻ってきた。

同時に彼女が、手でテーブルの上を指し示す。チョコレート、マシュマロ、バウムクーヘン、グミ、煎餅《せんべい》。どれも個包装になったものだ。二リットルジュースは、百パーセントオレンジのペットボトル。飲食物のどれにも、何の変哲もないように見える。

また、テーブルの上には五つの紙皿と五つの使い捨てコップが置かれている。コップには多かれ少なかれ飲み物が残っていた——菓子を開いたとき、この部屋の中に五名の人間がいたという証左だ。

「貢献へのお礼としてお菓子をもらうと、茶会の日を決めて、その日にお菓子を開けることをみんなに連絡します」

「演劇サークルからお菓子をもらったのは、いつ?」

「二日前ですね。同日に使い捨てコップを買って、お菓子とジュースとコップをお菓子箱に入れておきました——お菓子箱は、あれです」

部屋の奥を仰ぐように見る。部屋の隅に、パステルグリーンの木箱があった。

「見てもいいですか?」

「どうぞ」

近くに寄って、様子を確認。両腕でなんとか抱えられそうな大きさの木箱に、四桁の番号を合わせて開けるタイプの南京錠《なんきんじょう》がくっついていた。

「頑丈そうですね」

「ええ、まあ。昔、お菓子を見かけると自分で全部食べちゃう部員がいたらしいんですよ。いまはそんなことないですけど、まぁ、伝統っていうか。ここに入れておけば、置き場所を忘れて『どこにやった』って騒ぐこともないですしね」

「夏場はさすがに、傷んじゃうのが怖いので、冷蔵庫に入れてますけどね」

と付け加えたのは、タキグチ。穏やかそうな口調からして、緊張はほぐれてきたようだ。

菓子の保存。まだ春の早い時期だから、いまの時期であれば、三日程度なら常温保存でも問題あるまい。特に昨日と一昨日は、天気予報でも「冷え込む」と予想され、事実この季節にしては比較的寒い日となった。つまり被害者エノ氏は、傷んだ菓子を食べて当たったということではないようだ。

「ちなみにお菓子箱のロック番号は、私だけが知っています。代々、会長が引き継ぐ決まりになっていて――」

そこまで言って、はっと息を呑《の》んだ。慌ててぱたぱたと両手を振りながら、

「あっ、でも、誰もいないうちに部室に来てこっそり毒を仕込むとか、そんなことはしてませんよ！」

信じてくださいと念を押すように言うタキグチへ、カダンは腕を組み直し、

「そもそも菓子は全部個包装になっていて、どれに仕込んだらエノに当たるかなんてわかりません。エノは『自分を狙って毒が盛られた』と確信していたようですし、もしこれが

彼の被害妄想や、無差別に誰かに毒を盛ることが目的なのではなく、本当にエノのみを狙った犯行なのであれば、菓子に仕込むというのは無理ですね」

「うむむ……あ」

唸《うな》る私の視界の端で、ハトリが鞄から水筒を取り出して傾けている。

その姿を見て、思いついた案があった。カダンに近づき、小声で尋ねる。

「カダンさん、使い捨てコップはどうでしょう。箱を開けられるタキグチが、あらかじめ毒を塗って箱の中にしまっておいて、配るときに毒を塗ったものを標的に渡すっていうのは……」

「なるほど。――飲み物を入れたコップをみんなに渡したのは？」

後半の問いかけは、部屋の中にいる皆に向けて投げかけられたものだ。手はすぐに挙げられた。

「私」

アイザワ。コップにいつでも触れられるのはタキグチだが、配ったのはアイザワとなると、使い捨てコップを使ってというのは無理がありそうだ。毒を塗ったコップが確実にエノに渡るとは限らない。

あるいは二人の共犯なら成立するが、共犯者がいるのならわざわざ皆が集まる今日の日を狙わなくても、もっと上手なやり方がありそうにも思える。

もしくは。

私の意見から連想したことを、カダンが——空気も読まずに大声で——言ってくれた。

「そうだ、アイザワが、飲み物を各人のコップに汲んだあと、エノのコップにだけ毒を入れるっていう方法はどうでしょうか」

「ちょ、カダンさん、声が大き……」

「私が犯人だって言いたいの⁉」

アイザワが怒鳴り、椅子から立ち上がった。

落ち着いて、とタキグチが宥《なだ》めているが、怒りを覚えて当然の発言だと私は思う。

「毒や薬なんて持ってないわよ」

「やだなぁアイザワ、俺はあくまで可能性の一つとして言っただけだよ。念のため確認するけど、本当に持ってないんだな？」

「当然。疑うんなら、私の鞄をひっくり返して中身を全部確認してもらったっていいわ。それから、マコトさんに身体検査でもしてもらいましょうか？」

アイザワが腕を大きく広げる。この様子では、手荷物検査や身体検査をしても何も出てこないだろう。

カダンが首を左右に振ると、アイザワは苛立《いらだ》たしそうに、はぁっとため息をついた。

「そもそも、毒物なんてそんなに簡単に手に入るもの？　私たち、ただの学生なのに」

それもまた、一つの謎だ。

被害者の症状から考えて、仕込まれたものは下剤とか、そういうものだろうか。だった

ら彼らでも入手は可能かもしれない……と考えていると、

「……もしかして、さ」

おずおずと手を挙げた人がいた。タキグチだ。

「あいつ、間違えてマリモ飲んだとか、そういうこと、ない？」

マリモ？

その言葉が出た瞬間、ぴり、と空気が張り詰めたような気がした。

何のことかわからないのは私だけのようで、部員たちは顔をしかめ、カダンすらも「そうだとしたら、さすがの俺も同情する」と眉間にしわを寄せている。他の皆も似たようなものだ。

私には北海道のお土産、というイメージしかないが。

「……あの、カダンさん。マリモって」

「あっ僕わかりません。誰か説明お願いします」

尋ねるとカダンは勢いよく顔を背けた。その嫌そうな顔からして、知っているが説明したくない、といったところか。

しかしそれでは、私は確かな情報を得られていないことになる。

「カダンさん」

「えー……僕が説明するんですか」

助けを求めるようにカダンが室内を見回すけれど、全員が視線を避けるように、揃《そろ》ってうつむく。

私がさらに詰め寄ると、彼はようやく重い口を開いてくれた。

「ペットボトルの飲み物って……その。買って、開けて、飲むじゃないですか」

「はい」

「で、開けたはいいものの、飲み切らないことってあるじゃないですか？」

「はい」

「だから蓋をして、あとでまた飲もうと置いておくじゃないですか」

「はぁ……って、まさか」

歯切れ悪いカダンの説明だが、私にもなんとなくわかってきた。

まさか。

「うっかりそのまま、忘れちゃうことってあるじゃないですか……！」

「どうしてさっさと捨てないんですかぁ！」

なんという衛生観念か。

今回はサークルの出来事ではあるがカダン自身も覚えがあるのか、うめくように「学生は意外と忙しいんですよ……」と言い訳にしか聞こえないことを言う。

つまるところそれで放置された結果できあがった「カビの浮遊する飲み物」のことを、彼らはオブラートに包んで「マリモ」と呼んだわけである。

考えるだけで怖気《おぞけ》が走る、すさまじい毒物。タキグチは、被害者エノはそれを間違えて口にしてしまったのではないかと言ったわけで――想像しただけで鳥肌が立つ。

「あの、でも、それはないですよ」

ただ、嬉《うれ》しいことに、その地獄のような案を否定してくれた声があった。一年生のクズミ。彼女はハトリを見た。

「だって私、今日の朝、ハトリさんと全部片づけましたもん。ね？」

「そうですね。あまりにも増えてきたから、五日前に『部室にある開封済のペットボトルは全部処分しますのでそのつもりで』って通知出して。それで、今朝処分しました」

ハトリの言葉に、全員が頷《うなず》き、私はほっと胸を撫《な》で下ろす。

安心したところで、頭の違うところが動いたらしい。思いついたことが、一つ。

「それと、『使い捨てコップを買った』っておっしゃいましたけど、そもそもこの部屋にお皿や紙コップの類はないんですか？」

「ないですね。皿もコップもないです。コップがない理由は二つあるんですが、一つめの理由としては、ここが文芸サークルで紙類が多いことから、火気はもちろんのこと、水を汲んでおけるもの……水を入れたままにしておけるものも、基本的に禁止にしています。余談ですが、同様の理由から、部室に持ち込んでいい飲み物も『蓋ができるものであること』と定義しています。それが理由の一つ。二つめの理由は……」

「二つめの理由は？」

聞かれたアイザワはちょっと笑って、

「……例のマリモが誕生するような部屋で、食品を載せるためのものを清潔に保つことができると思います？」

納得。

……しかし情報量が増えてきて、だんだん整理が追いつかなくなってきた。頭に手を当てた私を見かねたか、カダンが口を開く。

「ちょっと、時系列順に整理しましょうか。何か補足があれば、都度、指摘をお願いします」

カダンはノートとペンを取り出した。いつも彼が持ち歩いているものだ。

「まず、五日前。ハトリが開封済のペットボトルの処分をする旨の通知を出した。これはいいね？」

ハトリが頷く。

「次に、二日前。お礼のお菓子と、ジュースと、ブーケをもらった」

「受け取ったのは私とタキグチさん。五個入りの使い捨てコップも買った。当日の人数はまだ決まっていなかったから、とりあえず五個入りを買ったわ。タキグチさんに箱を開けてもらって、お菓子を入れた」

「ブーケって、どんなの？」

「すずらんのブーケです。――提供した脚本が『ミュゲの橋』って話だったんだけど、華道サークルにも協力してもらって、小道具にすずらんを使ったんですって。その花が余ったそうで、『捨てるのも忍びないし、よかったらこれも』ってもらったわ」

「ふうん」

ミュゲとはすずらんのことだ。確か、フランス語だったはず。

しかし、私の記憶が正しければすずらんには——

「で、昨日……言い方を揃えるなら一日前、部員全員のお茶会の出欠が出揃って。私たち四人と、エノの合計五名だったから、学生生協で紙皿を買った。五枚一セットの……品質とかは、説明するまでもないわよね」

テーブルの上に置かれたままの紙皿は、いずれも直径二十センチ程度の一般的なものだ。デザインもすべて同じ。

「あ、そのとき私が一緒に行って、お煎餅を買いました。もらったお菓子が甘いものばかりだったから、飽きちゃうかなと思って、サークル費で。ちなみに使い捨てのコップと紙皿もサークル費から出しています。昨日の特筆すべきことは、そのくらいかな。お菓子箱の鍵を開けて、二人で紙皿とお煎餅をしまいました。昨日のことはそんな感じ」

と、タキグチ。

次に手を挙げたのはハトリだ。

「それで今日の朝、俺とクズミでマリモ……部室内にあるペットボトルをすべて処分した」

「茶会の直前だったから、衛生状態を考えても、ちょうどいいタイミングだったんじゃないでしょうか」

「それから、ペットボトルの処分が全部終わった頃、アイザワが来て」

ハトリの視線を受けて、アイザワが頷く。

「手伝おうと思ったんだけど、終わってた。遅かったね……で、まぁ、二年のハトリはともかく、一年のクズミさんにあんなもの処分させちゃったのはさすがに申し訳なくて。何かお礼したいんだけどって言ったら、それなら、すずらんのブーケをもらってもいいかって言うから、あげたよ。もう、しおれかけてたしね」

「しおれかけたブーケなんて、どうするんですか?」

「ドライフラワーにして、リースを作ろうと思って。私、物語に限らず、何か作るのが好きなんです。アイザワさんが、濡らしたティッシュとアルミホイルで、すずらんの茎の先を包んでくれました」

「包装紙も残ってたから、全部そのままあげちゃったよ。葉っぱ一枚残らずね」

「そのブーケは、いま、どこに?」

「私のアパートに置いてありますよ……あ、私も一人暮らしなんですけど。一限のあと、二限はもともと取っていなくて、三限が休講だったので、いったん帰って置いてきました」

「マコトさん、『すずらんの毒でやられたんでは』と思ったでしょう。残念でした」

にやりとカダンが笑い、図星だった私は咳払い一つ。

すずらんには毒性がある。特に葉の形はニラに似ていて、よく食中毒の原因として挙げられるから私でも知っていた。

「ブーケの写真なら撮ってありますけど、見ますか？」

差し出されたスマホに表示された写真には、この部室で撮ったものだろうか、確かにすずらんのミニブーケが表示されていた。包装紙とリボンできれいにラッピングされているが、先ほど聞いた通り、よく見れば花自体は少ししおれている。

——そのとき唐突に、「そういえば」とハトリが言った。

「今日の朝、エノも来てたな」

「あ、そうだね。私のあとに来た。ええと……あれ、何しに来てたんだっけ？」

「英会話の授業があるのに英和辞典を忘れたから借りに来た、って言ってましたよ。ただでさえ重そうな鞄にさらに詰め込んでて、大変そうでした」

「そっか。あいつ、がさつだから、辞書に折り目をつけてないといいんだけど」

「大丈夫だと思います。お茶会の前に本棚に戻してましたから……ほら、あれ」

クズミが指さした先の本棚には、確かに英和辞典が収められていた。他にも国語辞典、ことわざ辞典、類語辞典などなど、いろいろな辞書類が並んでいる。

ハトリが苦笑した。

「あいつ、何事にももうちょっと余裕持ってほしいよな。時間にもルーズだし」

「それで……四限が終わってお茶会が始まるまで、特筆すべきことはないかな。他に何か、付け加えることはある？」

アイザワの呼びかけに、ハトリとクズミは首を横に振り、タキグチは記憶をさらうようにしばらく黙って……それからやはり、首を振った。

カダンが先を促す。「お茶会のときは？」

質問にアイザワは、思い出すように唸り、

「うーん……そこも変わったことはなかったような気がするけど。お菓子は、お煎餅をハトリが……チョコとかは誰が開けたっけ？」

「チョコとミニバウムは俺が開けたよ。マシュマロはエノが開けてなかったっけ。だけど、菓子を開けるとき、誰も不自然そうな様子はなかったような気がするよ」

ハトリがそう答え、口を閉じた。話せることはもうない、といった様子。アイザワも同じような表情で、腰に手を当てると、困ったように首をかしげた。

最後にアイザワが「そんなところかなぁ」と呟《つぶや》き――

彼女は彼らを代表し、私に向けてこんなふうに言ったのだ。

「我々からお話しできるのは、こんなところです。――カダン、マコトさん、いかがでしょう。この中の誰かが、彼に毒を仕込むことは可能であると思いますか？　できないと結論づけるならそれでいい。ただ、もしできる人間がいるとしたら、それはどのような方法によるもので、この中の誰であれば可能でしょうか？」

＊　＊　＊

「……えええええー？」

渡された原稿を読み終え、ついうめいてしまうと、向かいに座った作者の二ノ宮は、腕を組み仰《の》け反って「うぇっへっへぇ」と変な声で笑った。

「左京さんって本当にいいリアクションくれますよね、毎度。作者冥利《みょうり》に尽きます」

「せめてもうちょっと、もうちょっとなんとか……」

げんなりと、脱力。

作中の主人公と同じように、わたしも情報量過多で、頭の中がぐちゃぐちゃになっている。ここから犯人を推理しろ――というか、これだけの情報からつじつまの合う結末を考え出せというのだから、なかなか骨の折れる作業である。

「だけど僕、一区切りするまでは一気に書いてしまうので。一応結論が出せるだけの仕込みはしているはずですよ」

二ノ宮が、ずず、と音を立てて紙コップの水を啜《すす》る。

その姿を見ながら、わたしは。

「先生、『この中の誰かが、彼に毒を仕込むことは可能か』って、書きましたよね」

「そうですね」

「……『ここにいる全員に犯行は無理』っていう結論も」

「アリですけど、きちんと理由をつけてくださいね」

途中式もきちんと書くように。数学のテストでそんなことを言われた、中学だか高校だかの思い出が蘇る。

ふうっと息を吐いて、改めて読み直す。何か気になるもの、敢えて書かれたように思えるところ、不自然に挿入された描写はないだろうか——と目を皿のようにして、一言一句を指でなぞりながら逃さぬように読み進めていき。

文字列を指で触れることすら控えたい場面にたどり着き、わたしはつい手を引いた。

「どうしましたか？」

その動作を怪訝《けげん》に思ったらしい。二ノ宮の慮《おもんぱか》るような声を受け、わたしは原稿から彼に視線を移動させると、こわごわと言った。

「もしかして」

「はい？」

もしかして。

まさかとは思うけれど。

「……カビの描写、経験談ですか？」

すると二ノ宮は、勢いよく顔を逸《そ》らした。

「カビじゃないですマリモです」

「先生の生活環境どうなってらっしゃるんですか！」

ぞわりと全身に鳥肌が立つ。ごまかそうとしても無駄だと悟ったらしい二ノ宮は、開き直ったように豪快に笑った。

「あっはっはっは。学生作家は何かと忙しいんです」

「原稿を言い訳にしないでください。作品とは関係ないですけど、この際ですから言わせていただきます。先生ってこの学生寮でお一人暮らしですよね、お部屋のお掃除とかお片づけとかきちんとされてるんですかぁ⁉」

「母親みたいなこと言わないでください。僕の健康だ衛生状態だは僕にはどうでもいいんです。原稿が書ける場所があればそれでいいんですぅ」

「その肝心の原稿も〆切守れてないじゃないですか！」

「あっ痛い心が痛い」

わざとらしく胸を押さえるが、罪悪感をかけらも伴っていない表情と振る舞いから、こちらの苛立ちは募るばかりである。

さらに説教してやろうと息を吸い、

「第一、先生は――」

「なになに、先生の部屋がどうしたって？」

そこに、割り込んできた声と影があった。

二ノ宮の隣に不意に現れた、一人の青年。二ノ宮は天の助けとばかりに声の主を見たものの、無言のまま表情が曇った。

追ってわたしもその人を見ると、その顔には覚えがあった……

「瀬戸さん？」

「あっ、左京さん！」

そして彼の方もまた、わたしのことを覚えていてくれた。二ノ宮曰く「知人」――たぶん「友人」の間違い――瀬戸紘一《こういち》。

わたしのことを認めると、彼はいつもの、太陽のように明るい笑顔をわたしに向けた。

「お久しぶりです！　今日はどうされたんですか？」

「先生の原稿の関係で、少し。瀬戸さんも、お元気そうで何よりです」

「ありがとうございます、左京さんも――」

「こいつのことはいいですから」

口を開きかけた瀬戸を遮るように、二ノ宮。席を立ち、わたしを瀬戸から隠すように瀬戸の目の前に立った。

「お前、何しに来たの」

「山田にメシたかりにきた。うまかったよ」

「そうか。用が済んだならさっさと帰れ――」

椅子を立ち、厄介払いをするように手を振る二ノ宮。

「いえ」

しかしわたしは彼に会ったことで、頭の中に一つのアイデアが生まれていた。だから二ノ宮の言葉を遮り、

「瀬戸さん」

「ん？　はい」

「ちょっと、ご協力をお願いできませんでしょうか」

「えっ？」

どういうことですか、とわたしに向けて尋ねる瀬戸。一方で二ノ宮は、説明などせずともわたしが言ったことの意味を正しく理解して――

二ノ宮の眉間に刻まれたしわが、さらに深くなったのがわかった。


「なるほど。つまりお二人は、この物語の続きを考えていると」

「そうですね。これは一つの企画、あるいはアンケートのようなものとお考えください」

学生寮を出て、肩を並べて瀬戸と歩きながら、そんな話をする。

瀬戸は物語の内容をざっと読み、この舞台のモデルにしたのが自分たちの大学サークルの活動場所であることをすぐに見抜いた。先日のカフェと同じように、この物語を書くと決めた二ノ宮がモデルにしたのだろう。

二ノ宮がこの先の展開を忘れたとか、そういった詳細は語らず、ただ「続きを考えている」ということにした。二ノ宮にも作家としてのプライドとか、友人への立場とか、そう

いうものがあるだろうと思ったからだ。……瀬戸へそう説明したわたしに、二ノ宮は明らかにぶすっとしていたけれど。

ところで「エノ」にモデルがいるのなら、今回の容疑者となっている人間たちにもモデルがいるのだろうか。そんなことを二ノ宮に尋ねたけれど、「さぁどうでしょう」とはぐらかされた。二ノ宮のまったくの創作なのか、モデルがいるけれどそのあたりのことを説明する必要はないと判断したのか、それすら不明だ。

しかしながら、友人を被害者扱いするというのもどうだろう——と思いきや、瀬戸は意外にも嬉しそうだ。

「いやぁ、だけど、未完の物語とはいえ、先生の小説に俺がモデルのキャラを何度も出してもらえるなんて光栄だな。黙ってるなんて水臭いぞ先生、先に一言——痛い！」

「うるさい。黙ってきりきり歩け」

二ノ宮に後ろから尻を蹴られた瀬戸が、悲鳴を上げた。

振り返る。背を丸め、ポケットに手を突っ込んだ二ノ宮が、いかにも不機嫌そうな顔でわたしたちの後ろを歩いている。

「というか、どうして左京さんも当然のようにこいつの隣を歩いてるんですか。あなたは僕の担当編集でしょう。僕の補佐をしないでどうするんですか」

「担当編集だからこそですよ。わたしは少しでも多くの情報を手に入れて、この物語の続きを考えないとならないんです」

「はぁ……腹が立つ腹が立つ」

当たり前のことを答えたはずなのに、二ノ宮はそれも気に食わない様子。「気にしないでください左京さん、彼はたぶん反抗期なんですよ」とフォローを入れたつもりらしい瀬戸は、二ノ宮にもう一度蹴られてジーンズの尻を白くさせた。

道案内でたどり着いたのは大学キャンパスの一室、前回のカフェと同じように、二ノ宮の作品の描写とよく似た部室だった。書籍と紙類が堆《うずたか》く積まれ、机の上も散らかっている。

部室内には、物語と同じように学生がいた。ただ、物語と違って二人だけだったけれど。男子学生と女子学生。各々、読書を楽しんでいたようだ。

「お邪魔しまぁす」

「おー、瀬戸と先生じゃん」

「お疲れー」

瀬戸の声がけに、二人から、緊張感のない返事がある。突然の訪問にも、彼らに驚いた様子がないのは、二ノ宮と瀬戸と知り合いだからだろう。

二ノ宮は彼らにわたしのことを紹介し、わたしには彼らのことを紹介する。

「相原《あいはら》と嘉鳥《かとり》。この文芸サークルの部員です」

女子学生が相原、男子学生が嘉鳥。二人は「よろしくお願いしまぁす」と口々に言った。

「僕も彼らも『作り手』なので、彼らとはそれなりに面識があります」と告げる二ノ宮が少しむくれているようなのは、まだ機嫌が直っていないだけだろう。

「それで、何？　……先生の小説？」

「この『アイザワ』って、お前にちょっと似てない？」

「そう、そんなこと言ったら、あんた『ハトリ』に似てるじゃん」

「だったら毒盛られてる『エノ』は――」

「瀬戸に似てる！」

などなど。

わたしは二人に、瀬戸にしたのと同じような説明をして原稿を渡した。テーブルの上に原稿を広げて読む相原と嘉鳥、瀬戸へ、わたしは尋ねる。

「……皆さんなら、この物語、どんなふうに考えますか？」

この団体の名称は、文芸サークルであると聞いた。彼らがこの活動団体に所属している理由が、読書が趣味だからなのか、それとも物語を作ることに興味があるからなのかは知らないが、いずれにせよ多少なりと物語に親しんでいるだろう。

その彼らがこの物語にどういう方向性を見出すのかは興味があった……というかぶっちゃけた話、彼らがこの物語を見事に推理してくれれば、わたしの仕事はあっさり終わるので万々歳だ。

その目論見《もくろみ》は、いい方向に流れてくれた。原稿を渡された二人と瀬戸は、面白いおもちゃを手に入れたとばかりにあれこれと話し始める。

「マリモのペットボトルは全部処分されてるんだよね」

「その日の朝、エノが持っていった辞書のページに、あらかじめ毒が仕込まれて……駄目か」

「遅効性だとしても、その毒が四限の後の茶会にちょうど効き始めるなんてのは、ちょっと都合がよすぎるよね」

「そもそもその日にエノが辞書を忘れることとなんて、誰も予期できないでしょ」

「それもそうだ」

「だけど、作中のエノが住んでいるのはキャンパス裏の学生寮なんでしょう。なら、部室に借りに来なくても取りに戻ればよくない？　そこに推理の鍵が――」

「いや、エノが部室に来たのは授業の直前だってあるだろ。いくら近いとはいえ、帰って鍵を開けて辞書を探して見つけて持ってまた施錠してキャンパスに戻ってくるなんてのは、時間のロスが激しい。なら、確実にある部室の辞書を求める方が理に適《かな》ってる」

「いずれにせよ、辞書で毒殺案は駄目か」

「ちょっと待って、毒殺って、エノはまだ死んでないよ」

「似たようなもんじゃん？」

「だったら窓を少し開けておいて、エノが菓子を取った瞬間、その菓子に向けて毒の入ったカプセルを発射とかどう？」

「それだ」

「それいいね」

「それでいこう」

「お前たちは俺の作品ジャンルを何だと思ってるんだ」

彼らは早々に飽きたらしい。

あまりに適当な推論に同意を示し、二ノ宮はそれにあきれたようだ。けれど二ノ宮がどう思おうと、彼らは特に気にしなかった
――というか。わたしたちが彼らに見せたその原稿以上に、彼らの興味を引いたものがあった。嘉鳥が目を輝かせ、こんなことを言ったのだ。

「それより、左京さんのお話聞かせてくださいよ！」

「わ、わたし？」

「そう、現役編集者さんってどんな感じでお仕事してるんですか」

「あ、確かにそれ聞きたい」

「……え、ええっと」

本筋からずれ始めた話題に、つい口ごもる。わたしはここに仕事のヒントを求めて来たわけであって、編集業の講演をしに来たわけではない。

しかし好奇心旺盛な学生たちは、とどまることを知らない。

「どんなスケジュールで一日動いてるんですか？」

「原稿のやり取りとかどうしてるんですか？」

「編集業は忙しいって聞きますけど、繁忙期はどんな感じで」

「休みの日は何してますか？」

「恋人と遊ぶ暇とか――」

――ドン、と重い音。

見ると二ノ宮が、テーブルを蹴りつけていた。

「うるっせぇんだよなぁ」

低い声で唸るように呟かれた二ノ宮のそれ。いまのいままで賑やかだった部室が、嘘《うそ》のように静まりかえる。

眼鏡の奥の目を細めたまま、こちらと視線を合わせず無言で椅子に戻る二ノ宮に、部員たちは彼を窺いつつひそひそと、

「あの状態の先生はよくない」

「今日はやめておこう」

「左京さん、ぜひ次回」

「次回があると思ってるのか。ほぉん」

嘲《あざけ》るような物言いに、再度ひそひそが止む。「おめでたい頭してんな」と笑う二ノ宮はますます不機嫌そうではあるが、おかげで質問責めからは解放された。

話を戻すことにする。わたしは部室の中を見渡した。

まずは作中の『部室』との同一性をチェックしたい。

「ええと……『お菓子箱』っていうのは、実在するんですか？」

「しますよ。物語とは違って、鍵も蓋もないですけどね、それです」

先ほど「アイザワに似ている」と言われていた女子学生、相原がわたしの質問に答えてくれた。彼女の手が指示したのは机の上、確かに箱が置かれていた——しかしそれは物語のお菓子箱とは違い、底の浅いダンボール箱で「ご自由にどうぞ」と札がついているだけのものだ。

「その中に入っているものは、誰でも自由に食べていい決まりです。お菓子箱と言いながら、実家から送られてきて消費しきれないレトルト食品とか缶詰なんかが突っ込まれてることもありますね。……そういえば先生も、この間、ここの鯖缶《さばかん》持って帰ってなかったっけ？」

「ああ、うん、もらったよ。うまそうだったから」

つまり二ノ宮はこの箱のことを知っていて、物語の要素として取り入れたということだ。さらに言うと、実際のお菓子箱はダンボール製のもので鍵もない。彼が書きたいと考えた推理パートにつなげるためには、箱自体のセキュリティを強化することが必要だったということになる。

「あとは、そうですねぇ。物語と違うところといえば……」

彼女は人さし指の先を顎に当て、うーん、と唸り、

「水分の取り扱いに気をつけろっていうのは口酸っぱくして言っていることですけど、蓋

つきの飲み物以外を制限しているだけで、厳禁というわけではないです。缶ジュースとか紙パックのジュースなんかも、別に普通に持ち込み可ですよ。あ、アルコール類は駄目ですけどね」

「いま、部室での飲酒だけじゃなく、酒盛り自体が禁止だからなぁ」

瀬戸がしみじみと言った。

「酔っ払って馬鹿やったサークルがあって、学事課からサークル全体に飲み会自粛のお達しが出てるんですよ」

学生の身分を失ってどれだけ経とうかというのになお浴びるように酒を飲む、高山のような人間もいるが、それをおいても、大学生という時代は仲間と遊びたい頃であるように思う。とばっちりを食らって、かわいそうに。

とにかく、実際には水分は自由に持ち込めるということらしい。そうであるとすると、「じゃあ……作中で『ない』って書かれた『水を汲めるもの』も、実際の部室にはあったりしますか？」

「あったっけ？」

相原に問われ、瀬戸が答える。

「えっと……体育祭でもらった、サークル別障害物リレー文化系部門の優勝カップ」

いや、優勝カップは駄目だろう、優勝カップは。

「あ、掃除用バケツがあるよ」

続いた嘉島の言葉に納得。水を汲めるものは、二ノ宮の物語から何かの意味があって排除されたことだったのだ。

となれば、使い捨てコップか、それに関係するものが謎解きの鍵に——いや？

「……ん？」

当日の朝の被害者。処分されたペットボトル。水の持ち込めない部室……セキュリティの高いお菓子箱。

わたしの様子に何か察したらしい二ノ宮が、口を開いた。

「左京さん、何か閃《ひらめ》きましたか？」

不機嫌だったことなど忘れたかのような、軽くて明るい声。

わたしの予想が、その期待に応えられるものかはわからない。だけど——少しだけ顔を上げ、二ノ宮を見る。

「つじつまは合うかな、と思いました」

それを聞いた二ノ宮の、眼鏡の向こうの目は細められていた。

原稿の束が学生たちの手から手に渡り、最終的にわたしの前に置かれる。彼らの視線が集まって、意味はないとわかっているけれど、小さく頭を下げた。

妙な緊張を覚えながら、口を開く。

「まず、お菓子箱について。皆さんのお話から、実際のお菓子箱よりお菓子が厳重に管理されているということがわかりました」

わたしのこの切り出し方に、二ノ宮は何を考えるだろう。こっそり横目で二ノ宮の反応を窺うと、彼は気づいてにこりと笑った。「カンニングはできませんよ」と、わたしのしようとしていたことを見抜かれる。

咳払い。

「――たとえば、菓子に毒が仕込まれていたとする。当日全員が揃った状態での菓子に対する振る舞いは『誰も不自然そうな様子はなかった』と書かれていることから、当日、お茶会の場で菓子に毒を仕込んだりすることは難しいと考えられます。仕込んだのはそれ以前となると、単純に考えて可能なのはタキグチ。ただ、当日、『複数ある菓子のうち、毒入りの菓子をエノに絶対に取らせる方法』が存在しない以上は、タキグチにも犯行は不可能であると考えられます」

「あの」

そのとき、す、と挙がった手があった。嘉鳥だ。

「『誰でもよかった』って可能性はないですか?」

「どういう意味ですか?」

問い返す声が詰問調にならないよう、なるべくやわらかい声音を作る。嘉鳥は眉を寄せ、少し考えてから、その質問の意味を語ってくれた。

「ええと――犯人は、誰かを狙っていたわけではなかったというか。文芸サークルに所属していいる人間なら誰でもよくて、このサークルの人間を無差別に狙った。そういう可能性はありませんか？　お菓子が文芸サークルに持ち込まれた時点で、すでにお菓子には毒が仕込まれていたと言うか……」

つまり外部犯による無差別的犯行の可能性を言っているわけだ。このお菓子が部室に持ち込まれた時点で、すでに菓子の中に毒が仕込まれていた、という。

その可能性はあるだろうか？　わたしは少し考えて、

「……それが事実であればそれでいいと思います。ただ、この物語においては、それ以外の別の結論があるはずです」

「どうして？」

「最後にアイザワの言葉として『この中の誰かが、彼に毒を仕込むことは可能であると思いますか？』とあるからです」

物語の中の彼らが事件に対し検証を進めた結果、外部の犯人の仕業であり、このサークルの人間を無差別に狙った犯行だったという結論に至るのなら、それでも構わない。ただ、物語の中で挙げられた容疑者による犯行の可能性、方法を考えろと出題に書いてある以上は、わたしたちはそれに準じた答えを導き出す必要があるわけだ。

まったく、作者は憎い書き方をしている。横目で二ノ宮を見ると、彼はわたしの言いたいことを察したか、顔を背けつつ笑った。――性格が悪い。

「というわけで、わたしたちは『この中の誰かが犯人であり、犯人はエノを狙った』可能性が存在する以上は、そうであるという前提の上で推理を進めなければならないわけです。存在する可能性がゼロであることを検証できて初めて、嘉鳥さんのおっしゃる『外部の人間による無差別の犯行』ということが回答になります。いかがでしょうか?」

「なるほど、確かにそうですね。ありがとうございます」

わたしの説明で納得ができたようなので、先を続ける。

「さて、では犯人はどのようにしてエノに毒を盛ったか、ですが。……作中に、部室内での水分の取り扱われ方に対して、やけに細かく書かれていることが気になりました――ただし、水分はお菓子と違い、『絶対に持ち込みができない』設定にはなっていない。蓋がついてさえいれば持ち込める、ペットボトルのように」

水分のことを考えて、ふと喉の渇きを覚える。来る道すがらに水でも買ってくればよかったと思いながら、わたしは改めて息を吸った。

「実際の部室では、飲み物の持ち込みはそこまで厳しくは制限されていないということ。この変更に、作者の何かの考えがあると考えられます」

このわたしの言葉にも、挙げられた手があった。

今度は相原だ。わたしと目が合うと、許可をもらったと捉えたようで口を開いた。

「でも、作中で、開封済のすべてのペットボトルは朝に処分されたと書かれています。それ以降、茶会の時間までに何者かの手により新しいペットボトルが持ち込まれたというのも考えられなくはないですけど、それならばその情報が作中に書かれてしかるべきです。

そうでなければ、推理のピースが作者によって提示されていないことになります。それでは、『推理小説』として成り立ちません」

はきはきと自分の思うところを言う彼女。そして指摘の内容も真っ当で、鋭い。

嘉島が彼女をアイザワに似ていると言ったのは、あながち間違っていない。二ノ宮は、彼女をモデルとしてアイザワという登場人物を作ったのかもしれなかった。

「はい」

しかしわたしは、それに対する答えも用意していた。

だから大きく頷いてみせた。それが、この物語の大事なところ——

「水分を持ち込むのが、ペットボトルでなければいいのでは？」

一瞬、沈黙。

……ほぉう、と息をつくような声が、誰かの口から漏れた。

作中で「ペットボトルのような」と提示したことでまずミスリードを誘ったわけだ。実際には、条件こそ合えばそれでなくともよかったのに。

「ペットボトルではないものを部室に持ち込めるという証明。一か所、使い捨てのコップに汲まれたジュース以外の水分を摂取している描写がありました」

読み返せば作中には一人、部室に私物の水筒を持ち込んでいる人がいた。

「あっ」

「ハトリか！」

いち早く気づいた嘉鳥が嬉しそうに声を上げる。わたしは頷いた。

「そうです。ハトリは朝、ペットボトルの処分を手伝うふりをしながら、一本だけ古くなったペットボトルを手元に残しておいた。そして掃除終了後、ハトリはこっそりペットボトルの中身を自分の水筒の中に移し替え、お茶会の時間まで取っておいたわけです」

相原が、うえ、と呟いて顔をしかめた。他の部員も同じようにしている中で——

ただ一人、二ノ宮だけがにこにこと笑っている。

「そうしてハトリはまんまと毒入り——というか、腐った飲み物をお茶会の部室に持ち込み、皆の注意が逸れた隙に、エノのコップへこっそりと注いだ」

「凶器を持ち運ぶために、水筒は大事だったと。ですが左京さん、そうであるとしたら、事情聴取の際、彼が皆の前でわざわざそれを取り出して、中身を飲む真似をしたのはなぜですか？　隠しておいた方がよかったんじゃないですか」

二ノ宮の問いかけに、わたしは頷く。その点についてはわたしも考えていた。

「部外者であるカダンが現れ、さらにその助っ人であるマコトが現れて、全員への事情聴取。——当初、ハトリが考えていた以上に、ことが大きくなってきた。そんな中で手荷物検査でもされたら、水筒など持っている自分が真っ先に疑われることは必至です。そのため先んじて皆の前で水筒を取り出し中身を飲むところを見せて、中身の無毒性をアピールしたかったんじゃないでしょうか」

「……エノが倒れたときの騒ぎに紛れ、急いで水道で水筒の中身とエノの使ったコップを捨てて、安全なものと差し替えることは可能ですね」

わたしの提案に、二ノ宮がそう補足した。そうであれば水道に、エノが使った「本当の」コップが廃棄されているはずだ。――それからカビが検出されれば、犯行の動かぬ証拠になる。

「ちなみに、ハトリが犯行に及んだ動機ですが、『辞書を忘れてぎりぎりの時間に借りにきた』『がさつ』そういうエノの性格絡みで何かトラブルがあったのかもしれません。クズミは『もう少ししっかりしてほしい』というようなことを言っていましたから」

といったところで、どうだろう。

わたしの考えた推理に、あるいは腕を組み、あるいは原稿を眺め、あるいは頷く学生たち。

ただ、彼らがわたしの考えた解決案をどのように捉えたかはわからない。

ただ、彼らがどう捉えたとしても、その是非の判定を下すのは作者だ。

わたしは二ノ宮を見る。

彼はやはり、にこにこと笑っていた。

「ありがとうございます、左京さん。その方向で作ってみますね」


同日、夜。

職場からそう遠くない、小ぢんまりとした居酒屋にて。

「いや、この店いいな。ここにしてよかった」

「そうですか、よかったです」

向かいの席で上機嫌そうに枡酒《ますざけ》を楽しむ高山に、わたしはオレンジジュースのストローをくわえながらそう答えた。

店主こだわりの酒が揃えられているそうだが、酒に詳しくないわたしにはわからない。ただ、適当に頼んだ料理はどれもおいしかったし、壁に並んだ酒瓶の多さとメニューに書かれた種類の豊富さは目を見張るものがあった。

本日の高山はご機嫌だ。これまで進捗が遅れがちだった担当作家の原稿が、一転、余裕を持ったスケジュールで仕上がったのだという。

それがどれだけ嬉しいことか、二ノ宮という作家を担当しているわたしにはよくわかる。ただ、こちらの以後の予定も確認せず、「祝杯だ」とわたしの肩をつかんで居酒屋に連れ込んだのはいただけない。

酒をちびちびと舐《な》めつつ、えっへへっへっへ、と奇妙な笑みを浮かべる高山は、まさしく「笑い上戸」の人だ。愚痴っぽくなったり湿っぽくなったりせず、楽しく酒を飲めるのはいいことだと思う――人を無理やり付き合わせるのはどうかと思うけれど。

枡からグラスを取り上げ、いかにも楽しそうな様子の高山を見ながら、わたしはテーブルにずらりと並んだ料理を適当につまむ。

「だけど高山さん、ちゃんと食べた方がいいですよ。お酒ばっかりだとお腹《なか》によくないですよ。ていうかお酒飲みすぎですよ」

わたしの忠告を、さて高山は聞いているのかいないのか。

しばらくそうして、自分が現在いかにいい気分でいるかを語り——やがて、自分ばかり話していることに飽きたらしい。グラスを空けた高山が、店員に代わりのアルコールを頼んだあとにわたしへ尋ねたことは、わたしの近況だった。

「お前の方はどうだった？」

「わたしですか？」

「そ。二ノ宮はきちんと職務をまっとうしていらっしゃいますか、っと」

「あぁ」

そのことか。

先代担当編集として、気になるところではあるのだろう。とはいえ、

「ええ、まぁ。今日も、『いつもの』でしたけど。ちゃんとできましたよ」

二ノ宮の学校に行った話をする。サークルの話と、「いつもの」原稿の話も。「そのうち仕上がって届くんじゃないでしょうか」と答え——それから。

「学校には、ちゃんとお友達もいるようです」

「ふうん」

「癖の強い人ですし、学校でうまくやれているのかと思っていたから安心しました」

「お前、あいつの母親か何かか」

けれど、高山がわたしの報告の中で本当に気にしたのは、彼の交友関係などではなかっ

た。高山は右手の平を上にして、わたしに向けた。

「左京、その『いつもの』原稿って、いま持ってるか」

「え？　ええ、はい」

足もとの籠に入れた鞄を膝の上に置き、開けて中から原稿を出す。

彼は日本酒を飲みながら読み進めて、裏に赤ペンで書いたわたしの「解決パート」も読んで——その最中《さなか》に。

一瞬だけ、高山の眉間にしわが寄ったのを、わたしは見逃さなかった。

原稿が一ページ、二ページ戻って、また進む。文字を追う目が止まり、また戻る。その間わたしは、首を引っ込めて待ち続け。……だけど。

高山は最後まで読み終わると、原稿をもとのように並べ直し、整えた。そして、

「読んだ。返す」

「え？」

あっさり返されて、わたしは拍子抜けした。

絶対、なんらかの指摘があると思ったのに。差し出されるまま受け取ると、表情からわたしの言いたいことを悟ったようだ。

「いや、酒がうまいから。面倒くさいこと喋《しゃべ》りたくない」

「なーんですかそれぇ！　教えてくださいよ！」

こういう勝手なところが、高山と二ノ宮は似ている。

そして伏せられれば聞きたくなるのは人の常だ。わたしは高山の手元から酒のグラスを奪い取った。

「あっ」

「教えてください」

「嫌だ。喋るの面倒だもんよ。返せよ」

「教えてくれないと返しません！」

椅子に座ったまま腕を伸ばすから、その手からさらに離す。

話せ、いや話さない、と押し問答の末、

「……また、間違えるのは嫌ですから」

高山の表情が、困ったように歪《ゆが》んだ。

「わかったよ、話してやる」

「やった」

言質《げんち》を取った。

まず酒を返せと重ねて言うから、それには従うことにする。念押しとして原稿も差し出すと、高山は渋い顔をした。

しぶしぶといった様子ながらも、グラスと一緒に原稿も受け取った。原稿はテーブルの端に置き、黙って酒を飲み始める。まさかこのまま飲み終わるまで黙り続けるつもりじゃあるまいな、とわたしが疑い始めた頃——

「すずらん……なぁ」

あくび混じりにぽつりと言った。作中のブーケの話か。

自然とわたしの背筋が伸びる。その様子を見た高山は「いやぁ」と、ゆるゆる右手を振った。

「お前の説も、筋は通ってるから。そのままでも別にいいと思う」

「変なフォローはいらないです」

「お前は真面目すぎるきらいがあるのが、ほんとよくないよな……じゃあ聞くけど」

ずず、と酒を一口。

人さし指を立て、くるくる回して、あーの、あれだ、と呟いたのちに、

「なんでお前、すずらんのブーケ、無視したの？」

「ミスリードかと思ったので」

すずらんには毒があると、作中でも指摘されていた。だから、その毒を使って犯行に及んだと見せかけて、実は別のものを使ったのだというかたちでシナリオを運んでいった。

高山は、わたしの使ったそのアイデアまでは否定しなかった。――いや、最初から「筋は通っている」と言っていたからそもそも否定する気はないのだ。ただ、それらが最良の回答であるとは思っていないだけで。

「ふぅん。じゃ、もう一つ」

「まだあるんですか」

「あるぞ。ハトリの水筒に関して」

「え？」

ハトリの水筒。凶器を保存するためのものとしてわたしが挙げたもの。何か、矛盾する点があったろうか？

思い出そうとするわたしに、高山はまた手を振った。

「いくつも一気に考えたところで整理がつかん、順繰りに行こう。まずお前、すずらんには強い毒性があるっていうのは知ってるか？」

「ええ。作中にも提示されていましたし、あと、個人的な知識としても知っていました。山菜採りで間違えたとかで、食中毒のニュースを見たことがあります」

「あの花、見た目の割に毒性がやばいんだよな。植え替えすら手袋を嵌《は》めて作業しろというほどだ。お前が言ったように、毒がある部位は、葉、茎、花——そして、忘れちゃいけないことが一つ」

高山は、枡に残った酒をグラスに移し替えながら、

「すずらんの毒は、切り花をつけた水にも移るんだ」

水。

昼に話したときも、さんざん話題になったその要素。

「ちなみにすずらんの毒の症状としては下痢《げり》に吐き気、めまい、頭痛、そんな感じ。エノの症状とも合致するな」

「でも、ブーケはしおれかけていたとありますし、水に挿していたという描写は」

「あるだろ」

わたしの発言を「待ってました」とばかりに、にいやりと笑う。

高山はポケットから取り出した三色ペンの青を選び、原稿の一部に雑に丸をつけると、わたしに向けて差し出した。ただ、その文章をわたしが読むまでもなく、高山がその部分を諳《そら》んじてくれる。

「クズミがブーケをもらったときの台詞にあったな、『濡《ぬ》らしたティッシュとアルミホイルで、すずらんの茎の先を包んでくれました』さらに『包装紙も残っていた』――包んだということは、言い換えれば『そのときまですずらんは、ティッシュや包装紙には包まれていなかった』ということ。どのようにか明確には書かれていないが、他の方法によって、切り花に水を与えていたということだ。それから」

それだけ聞かされれば、わたしにもわかった。

「……もらったそのままの状態で放置していたのなら、包装紙が『残っていた』とは言わないですね」

答えるまでもないと思ったのか、特に高山からの返事はなかった。厚揚げを箸の先でつつきながら、続けてぼそぼそと、

「それを考えると、菓子をもらったときに、使い捨てコップだけを先に買い、紙皿をあとから買った理由も説明がつく。すずらんのブーケを飾っておくための、花瓶代わりのもの

が必要だったんだ」

「『水分を保管しておけるものが部室にない』ことを執拗《しつよう》に描写していたのも、そのためですか」

「そゆこと」

鶏の唐揚げが運ばれてきた。まさに揚げたてといった見た目が食欲をそそる。

酔っているのか高山は、なぜか唐揚げに添えられたレモンを口に運んだ。当然ながら「すっぱ」と嫌そうな顔で吐き出した。

「それと、水筒の中身。お前は、『ハトリが腐った飲み物を一時的に水筒に詰めておき、茶会の間に他人の目を盗んでエノのコップに注いだんじゃないか』と推理したな」

「……はい」

「だけど、その茶会にいたのはアイザワ、ハトリ、クズミ、エノ、タキグチ。ハトリが犯人だったとして、他は四人だな。部室の描写に、雑然としているが『こぢんまりしている』つまり、そう広い部屋じゃない。茶会の最中、四人全員の目を盗んでテーブル上のコップにこっそり細工をするなんていうのは、決して容易なことじゃないぞ」

「うっ……」

「さらに。腐敗した飲み物なんぞ、口に入れた時点で刺激臭がひどくてすぐに違和感に気づくし、さらにさらに言うと、一般的な人間の心理として――そんなものを一度でも詰めたとわかっている水筒なんぞ、水でゆすいだ程度なんかじゃ簡単には口を触れさせられない」

「うう……」

わたしの推理のように、エノが腹が痛くなるほどそんなものを飲むことは有り得ないし、ハトリが水筒の無毒をアピールすることは考えにくい、と。

言われてみれば確かにそうだ。完膚なきまでに、というのはこういうことだろう。

「なら、誰が……」

テーブルに突っ伏したくなるのをなんとか堪《こら》えて、尋ねる。

本当の推理は。真犯人は。

高山は、厚揚げを取ってがぶりと一口。うまい、とやはり上機嫌そうに感想を述べ、

「確率として高いのは、アイザワかな。——当日、茶会の準備の際にジュースを分けたのは彼女だったそうだから、すずらんの水をエノの飲み物に混ぜるのが一番容易なのは彼女だ。また、作中で彼女は、『手荷物検査でも身体検査でも何でもしてみろ』と自信を持って発言していた。そういうやつって、逆にうさんくさくないか?」

うさんくさい。それは、やや言いがかりに近いような気もしないでもないが。

だけど高山の回答は、わたしの案よりはるかに筋が通っているように思えた。

想像する。物語が始まる前、アイザワになんらかの恨みを買ったエノ。すずらんの毒が移った水と、ジュースを混ぜるアイザワの姿。探偵役の主人公にすべてを見抜かれ、エノへの恨みを語るアイザワ……

「と、いうわけで」

その言葉が、わたしを想像から現実に引き戻す。

「ここ最近のお前の勝敗は、二勝二敗、ってところかな」

厚揚げを咀嚼《そしやく》しながらもごもごと、駄目押しのような高山の言葉。……わたしはため息をついてうなだれた。

高山が、うぇっへ、と妙な声を上げた。笑ったらしい。

「何をむくれてるんだよ」

「そりゃむくれますよ。せっかく先生が考えたお話なのに」

きちんと読み解くことができなかったのだから、自分自身に腹も立とうというものだ。

しかし高山は「そんなことか」と言った。腹に料理を入れたことで、食事の気分にシフトしたのか、残っていた厚揚げをすべて自分の取り皿に運ぶ。

それを一切れ頬張って、「いいんだよ」と笑った。

「よくないでしょう」

「いや、いいんだって」

やっぱりお前は頭が固いよな、と、事実確認でもするかのように。

「お前の推理が合ってようが間違ってようが、それなりに筋は通っていて、それに何より、作者《あいつ》がお前の推理を気に入ったんだろう。あいつが、お前の語ったそれに合わせて作るって決めたんだから、それでいいんだ。あいつは素人じゃないから、そう書くと決めたらそう書ける。筋が通るように加工もして、れっきとした一つの物語に仕立て上げる。誰も損してないだろ」

それでいいのだろうか。

納得できず尋ねると「いいだろ別に」と一言、言われた。それから「お前も食えよ」と厚揚げを一切れ差し出され、わたしは差し出されるままに取り皿に受ける。

彼はそれを見て、いかにも満足そうに頷いた。相当、酔いが回っているようだった。


「ごちそうさまでした」

「いや」

食事を終えて店の外に出ると、とっぷりと日が落ちている。吹く風は、愛用のスプリングコートがやや心もとなく思える程度に冷えていた。

会計は高山が持った。というか「領収書ください」と言ったあたり、いずれこっそりと会社の交際費か何かに紛れ込ませるつもりではないだろうか。

前にもそんな手口でただ酒を飲もうとして、会社にばれて、財務部にこっぴどく叱《しか》られていたのを知っている。どうやらまだ懲りていないようだ。

――それはともかく。

レジでもらった領収書が、高山の指の間でひらひら揺れているのをぼんやり眺めていると、唐突に高山がこんなことを言った。

「……まぁ、二ノ宮のやつが一番、よくないんだけどな」

「え？」

うつむいていた高山の、まるで独り言のようなそれを、わたしはかろうじて聞き取ることができた。

そういえば、今日、二ノ宮のところに出発する前にも妙なことを言われたのを思い出した。自分ができなかった経験をしている後輩が羨ましいとかなんとか？　それと併せて考えても、彼の二ノ宮に対する認識は、わたしのそれと奇妙なずれがあるように思える。

「何の話ですか？」

「んんー？」

「先生がよくない、って」

しかし高山には、それを言った自覚がなかったらしい。

わたしの言葉を聞いて、彼はまずまばたきをした。それからしばらくの間、思い出すように空を見て、ようやく「……おー」と、あくびに似た声が漏れる。もしかしたら本当は、あくびだったのかもしれない。

「飲みすぎたみたいで口が軽くなってるな。教えてやってもいいけど、明日には忘れろよ」

「忘れます。なので、教えてください」

仕事上で、行き違いが起きるのは好ましくない。担当作家に関して認識していないことがあるならば、今後のためにも知っておくべきだろうと思う。

するとと高山は頭を掻《か》いた。「こういうこと、俺が言うのは違うとは思うんだけどなぁ」と困ったように呟く彼の表情は、内容とは裏腹になぜか緩んでいる。まるでそれは、面白いおもちゃを見つけた子どものように。——笑える話ではないように思うのだけど。

「一回しか言わないから、ちゃんと聞いとけよ」

「はい」

「ならよし。俺、あいつが高校生の頃から世話してきたけど——」

言葉を切り、高山が笑う。

目を細め、歯を見せたそれは二ノ宮の笑い方に似ていた。

「俺の前じゃ、『物語の核心を忘れて作品を書きあげられなかった』なんて作家として致命的なミス、一度もしたことないんだよ」

五 うちの作家は素直に言わない

——俺の前じゃ、『物語の核心を忘れて作品を書きあげられなかった』なんて作家として致命的なミス、一度もしたことないんだよ。


どういうことだろう。

オフィスでの打ち合わせの最中《さなか》、窓から見えた空がすこんと抜けるように青く、ぼんやり眺めていたら、またそのことを思い出してしまった。

一週間前に高山《たかやま》に言われたことが、ずっとわたしの頭に残っている。

わたしの担当する作家、二ノ宮花壇《にのみやかだん》。私立大学に通う生意気な男子大学生。その感性と文体から若い世代のファンを多く獲得している、いま話題の作家。しかし彼は「小説の解決パートを『うっかり』忘れてしまう」という悪癖を持っていて、いつも担当編集者を困らせる——というのがわたしの持つ彼のイメージだ。

「……さん」

しかし。先代担当編集者にしてわたしの先輩である高山が言うには、彼が二ノ宮を担当していた頃は、二ノ宮にそんな悪癖はなかったという。本当ですかと問うと、高山は何が面白いのかへらへら笑って「こんなことで嘘《うそ》言わねぇよ」と答えた。

「……うさん」

それなら原因はなんなのだろうかと高山に相談しても、彼はやはり笑って「俺は知らん」というのみだった。

二ノ宮花壇はわたしにとって、推理は忘れる、皮肉は言う、〆切《しめきり》は守らない、おまけに他人《わたし》を小馬鹿にしては笑う――そういうとんだクソガキだ。

それでもやはり、彼はわたしの担当作家だ。過去の彼を知る人から見て、いまの彼の様子がおかしいというのなら、当然、気になってしまう。

二ノ宮は、いったいどうして「推理を忘れる」ようになってしまったのだろう――

「左京《さきよう》さん！」

「ひぇい！」

大声で名を呼ばれ、わたしは椅子から飛び上がった。

意識が現実に戻る――向かいの席には、わたしの担当作家二ノ宮が座っている。次の作品の方向性を決めるため、当社オフィスの会議室まで来てもらったのだ。

珍しいことに、彼は心配そうな表情でわたしを覗《のぞ》き込んでいた。

「どうしたんですか、左京さん」

「あ、ええと、すみません。なんでもないんです」

打ち合わせ中にぼんやりしてしまうなんて、気心知れた二ノ宮相手とはいえ失礼なことだ。慌てて頭を下げるけれど、彼の機嫌は直らない。いかにも不満そうな顔で腕組みをした。

「なんでもないって、今日、ずっとそうじゃないですか。すぐぼうっとして……体調がよくないのなら、今日は僕帰りますから、左京さんも早退して帰って寝てください」

わたしの身を案じてくれているのか——と思ったら、

「風邪うつされたらたまらないので」

こんちくしょう。

体調。——そういえば高山と話したとき、もしや二ノ宮の「忘れてしまう」それは何かよくない病気の片鱗《へんりん》では、と青くなるわたしに、高山は「別にそういうわけじゃないと思うぞ」と言っていた。

しかし、本当にそうだろうか？

「あの、先生」

わたしはおずおずと彼を呼んだ。

「何ですか」

「昨今、お体に変わりはありませんか」

「はい？」

二ノ宮には想定外の質問だったのか、応える声が裏返っている。人さし指で自分の鼻先を示し、念を押すように、

「僕がですか。左京さんじゃなくて？」

「はい。頭痛とか、気分がよくないとか。何か、不調はありませんか」

「なんでそんな、いきなり……」

「いいから。ありませんか？」

「ええ……？」

テーブルに身を乗り出して聞くわたしの勢いに、二ノ宮は気圧《けお》されたようだった。困惑の表情で、それでも自身のことについて振り返る。

「特にはないですよ。年度初めに受けた大学の健康診断でも、特に引っかかった項目はなかったですしね」

「本当ですか？」

「本当ですよ。……まさか、本気で糖尿病とか案じてませんよね？」

そして、ぐびー、と缶コーラを飲み干す。打ち合わせを始める際、コーヒーとお茶のどちらがいいかと尋ねたところ、いけしゃあしゃあと「炭酸がいいです」と答えたので、わたしが一階の自販機で買ってきてやったものだ。

二ノ宮は缶を置いて一言、「ご馳走様《ちそうさま》でした」と言った。

ただ、飲み足りないのか、それとも炭酸ではやはり喉の渇きは癒やせなかったのか、彼は自分の鞄《かばん》から茶のペットボトルを取り出した。蓋を捻《ひね》り、首をかしげる。

「やっぱり今日の左京さん、何か変ですよ。大丈夫ですか？」

「だ、大丈夫です。本当に何でもないんです」

「本当ですか？　左京さん、普段はただのバカなのに今日は相当変なバカになってますよ」

「本当です、本当に大丈……」

……ちょっと待て。

「『ただのバカ』って誰のことですか！」

「ほら反応遅い」

指さしてケタケタ笑ったあと、ふと真顔になって「左京さんが鈍いのはいつものことか」と付け加えた。それも余計である。

こちらは本気で心配しているのに！　親の心子知らず、なんて言葉が頭を過《よ》ぎって、眉間と顎にきゅっとしわが寄る。二ノ宮はまた笑った。

「左京さんが、いったい何を懸念しているのかは、僕にはわかりませんけど。気分転換に、頭の体操でもしましょうか」

「気分転換？」

「はい。心ここにあらずの状態で打ち合わせしたって、いい結論なんて出せませんよ。こういうときは、少し遊んだ方がいいです。……そうですねぇ」

鞄からトランプでも出すのかと思ったら、違った。指を立てて、

「上は大水、下は大火事。なんでしょう？」

「ああ」

気分転換、頭の体操と言うから何が来るのかと構えたが、なんということはない。

「なぞなぞですか」

二ノ宮は頷《うなず》き、笑った。

「定番ですけど、いまどき五右衛門《ごえもん》風呂ってのもないですよね」

自分で出しておきながら。

しかしその指摘ももっともで、つられて笑ってしまう。わたしの笑いが消える前に、二ノ宮は指をもう一本立てて、わたしに示した。

「第二問。あるとき、ハトとカラスとツルの三羽が集まって隠し芸大会を開きました」

「んん？」

今度はさっきと違って、わたしの聞いたことのないなぞなぞだ。鳥類が……隠し芸大会？　聞き逃しかけて、わたしは二ノ宮の出題を止めた。

「ちょっと待って。ハトと……何ですか？　もう一度」

「ハトとカラスとツルです。で、そのうち一羽が、他の鳥たちが驚くほど見事な手品を披露しました。さて、三羽のうち『見事な手品を披露した鳥』とは誰？」

「ん、んんんー？」

いきなり難易度が上がった気がする。

「……は、ハト？」

「理由は？」

「え、えっと……」

あてずっぽうは許されず、二ノ宮は当然のことながら理由を尋ねる。わたしは上目遣いで、彼のご機嫌を取るように、

「手品のとき、稀《まれ》に帽子から出てくるから……かな……?」

「不正解。それ、ハトが手品しているわけじゃないでしょう」

「ひ、ヒント! ヒントお願いします!」

わたしの苦しい回答は、やはり「正解」の一言を引き出せない。向けられる苦笑いが恥ずかしくて、遮って叫ぶ。

二ノ宮は、さほどの間を置かずこう言った。

「では失礼して、ヒントを一つ。——残りの二羽が『どうしてきみは、そんなに手品が上手なんだい?』と聞いたところ、彼はおどけて『当然さ。僕は、マジシャンになるために生まれてきたような名前だからね』と言ったそうですよ」

「あっ」

ヒントは名前。

それを聞いて、わたしもようやくピンときた。このなぞなぞの答えは——

「ハトですね?」

「理由は?」

「ハトは漢字で書くと、部首が鳥、に九《く》——で、『トリック』。手品師はトリックが命です

から、それを名前にした『ハト』が、手品を披露した鳥です」

「正解」

二ノ宮から贈られる、ぱち、ぱちと小さな拍手。気をよくしたわたしは、胸を張って、ふふん、と笑った。

「ほぉら、やっぱりハトだったじゃないですか」

「マーク式のテストじゃないんですから、答えがあってりゃいいってもんでも——」

「三問目！　お願いします！」

胸の前で握りこぶしを作って気合を新たに彼に出題をせがむ。なぞなぞに本気になるのは何年ぶりだろう。

二ノ宮はくっ、と小さく笑って、コーラの缶をつかみ——持ち上げて、中身が空であることを思い出したようだった。テーブルに戻す。

ペットボトルを開けて茶を一口、そして。

「じゃ、次を最終問題としましょう。ちょっと難易度上がりますよ」

「望むところです！」

次こそは完璧な正解を！　熱くなるわたしに、二ノ宮は三問目のなぞなぞを出題する。

しかしそれは前の二問とは、少し毛色が違っていた。

「では、出題。……これは先日、僕が大学で講義を受けたあと、寮に帰る道すがらのことなんですが——」

＊　＊　＊

具体的な日付は出てこないんですけど、そうですね。あれは確か、二週間ほど前のことだったと思います。空は晴れ、雲も少なく、あたたかい日でした。花粉症持ちの瀬戸《せと》が、朝に薬を飲み忘れたとかで、散々目を腫らしていたのを覚えています。

その日、教授が具合が悪いとかで、四限に取っていた講義が急遽《きゅうきょ》休講になったんです。その日は五限以降の授業は特に入れてなくて、キャンパスにいたところで特にすることもないんで、寮に帰ることにしました。

とはいえ、寮に帰ってもすることがないのは同じですし、天気もいいのでちょっと遠回りして帰ろうかと……え、何？

「することがないって、その頃って例の原稿をお願いしてた頃じゃなかったでしたっけ」

ま、まぁいいじゃないですか細かいことは。

あー、ほら、あれです。これは単なるなぞなぞのための背景ですよ、なぞなぞ！　フィクション！　そういうことで！　ね！

……そういう疑いの目やめてください。話を戻しますよ。

とにかく、ただ寮に帰るのも面白みがないので、その日の僕は、普段とは違う道を通って寮まで帰りました。これは、その帰り道での話です。

僕の通う大学から少し離れたところに、閑静な住宅街があります。そのあたりは、見るからに新しい――昨今の流行《はやり》の造りをした家と、昔ながらの大きな家が混在した街並をしています。

そういう街にはきっと、面白い出会いや人間関係も生まれていることでしょう。

今後、こういう場所を舞台にした物語も書いてみたいなぁなんてことを思い、あちこち観察しながら道を歩いていると、前から一組の親子が向かってきました。

……はい、なんですか、左京さん。

「謎が解けました」

え、もう？

「ふふふ。わたしにかかればこんな謎、楽勝ですよ。ずばり」

はい。

「これは誘拐ものですね⁉」

アホ丸出しのしたり顔やめてください。誘拐ものじゃないです。

……そんなしょぼくれた顔しても違いますから。これはあくまで「なぞなぞ」ですよ、そんな物騒な展開にゃなりません。

「では、実は母親が犯人で――」

続けますね。

「はい」

母親らしき女性の特徴を挙げると、年齢は僕より少し上くらい、中肉中背、肩くらいの髪、子どもの話す内容によってころころと表情が変わり……なんとなく、左京さんに似た雰囲気をお持ちの方でした。

腕には透明なバッグを提げていて、中身は食品類。どうやら、近くのスーパーで買い物をした帰りのようでしたね。

隣を歩く男の子は、彼女のことを「ママ」と呼んでいたので、二人は確かに親子でしょう。ええ、誘拐や偽装親子の類ではなく、二人は確かに親子です。念のためもう一度繰り返しておきましょうか？　ふ・た・り・は・た・し・か・に――

「もういいですっ」

あ、いいですか？　何ならもう一度――結構ですか。はい。わかりました。

男の子はたぶん、幼稚園に上がるくらいの年齢で、しきりにいま放送している特撮ドラマのことをお母さんに話していました。

当然のことながら、二人はこのあたりに住んでいる人なんでしょうね。いまにして思えば単純すぎる発想なんですけど、そのときは「お母さんの若さからして、新しい家の住人かなぁ」なんて思っていました。

二人は僕とすれ違い、僕が来た道を歩いていきます。ただ、それからすぐに「こんにちは」という声が聞こえたので、僕は立ち止まって振り返りました。

すると、ちょうど二人が――正確にはお母さんが、一軒の家のインターホンを押したところでした。

ちょっと驚いたのは、二人の訪れていたその家が、いかにも「立派なお屋敷」といった雰囲気だったからです。

彼女の押したインターホンが設置されていたのは、数寄屋《すきや》造りの立派な門。敷地は青々とした生け垣に囲われています。種類はイヌマキでしょうか、春ですから植物は伸びようとするものなのに、頻繁に庭師を呼んでいるのか、まるで一本の無駄な芽も許さないとばかりに垣根はきっちり切り揃《そろ》えられていました。

よく耳を澄ますと水の音が聞こえるのは、もしかしたら庭に池でもあるのかもしれません。垣根の向こうに見えるのは濃灰色をした瓦葺《かわらぶき》の平屋で——いやぁ。

二ノ宮花壇の作家としての悪評を恐れず貧相な語彙で言ってしまえば、とどのつまりその家は「マジ金持ち」って雰囲気でした。

男の子が、お母さんの横で背伸びをしながら、

「おじいちゃん！　来たよ！」

とインターホンに向けて言いました。インターホンから、「おお、いらっしゃい」としわがれた、けれど弾んだ声が聞こえます。

そして——よく聞いてくださいね、左京さん。これが、僕が出したい「なぞなぞ」です。

男の子はいかにも嬉《うれ》しそうに、インターホンに向けてこう叫んだのです。

「『はむ』見せて！」

――はむ。

そのときその言葉を聞いた人の中で、意味がわからなかったのは僕だけのようでした。

男の子は飛び跳ねながら「はむ、はむ」と繰り返し、お母さんは「まったく、この子は落ち着きがなくて」と笑っています。そしてインターホンからは「ああ、いいとも。入っておいで」と喜ばしげな声が返り、木組みの立派な扉が自動で開きました。

男の子は走って中へ、お母さんは困ったように「こら、走らないの。転ぶわよ」と言いながら、やはり続いて中に入っていきました。

さて。道に一人残された僕は、当然思います。

男の子が言った「はむ」とは何のことだろう?

いくら考えてもこの状況にしっくりくる結論は出せず、しばらく迷ったあと、僕は来た道を引き返し、「マジ金持ち」の家の生け垣を指でちょっと分けて、屋敷の中を覗いてみたのです。

そこで僕が見たのは、石造りの庭池、灯籠、それから。

縁側に「おじいちゃん」と並んで座り、庭を眺めながらジュースを飲んでいる男の子の姿でした。

……さて、左京さん。

これが三問目のなぞなぞです――

＊　＊　＊

「――男の子の言う『はむ』とは何のことでしょう?」

という言って、二ノ宮は三問目の「なぞなぞ」の出題を締めくくった。

はむ。

……はむ。

「はむぅ?」

「左京さんの新しい鳴き声ですか?　それ」

わたしは人間である。

長く話して疲れたのか、二ノ宮はペットボトルの烏龍茶を一口飲んだ。それから、

「何かおっしゃりたいことはありますか?」

とにこやかに言うので、

「他人様《ひとさま》の家を覗くのはちょっと……」

「そういうことではなく」

眉を寄せて感想を述べたが、そういうことではないらしい。

「なぞなぞの答えとか、そうでなければ質問とか」

彼の行為に対する注意はいったん忘れることにして、考える。

祖父宅の門にて、「はむ」と、幼稚園児が呼んだ何か。

「念のために聞きますけど、それって、ハム……豚肉などの加工食品のことではないんですよね？」

「それじゃそのままますぎて、なぞなぞにならないですよ」

二ノ宮、苦笑。わたしは、それもそうだと納得しつつ、

「あ、ちなみに先生、ハムとベーコンの違いって知ってます？　作り方と、使っているお肉の部分が違うんですよ。あと、ベーコンの方が脂が多いんです」

「へぇ……それは知りませんでした。左京さんって、料理のことにお詳しいんですか」

「えっへっへ。いえ、それほどでもないんですけど」

知識で彼を上回れたことが嬉しい。つい緩んだ頬を両手で押さえるが、

「まぁ、食材知ってりゃ料理上手ってわけでもないですよね。失礼しました」

緩んだ頬がきゅっと締まった。ちくしょう。

それはともかく。

「はむ……ですか。そう言われて他に思いつくのは……」

なぞなぞの答えを出すにも、まずはヒントから連想を。はむ、から始まるものと言えば。

わたしがすぐに思いついたのは、小さくてころころしていて愛らしい、ネズミの一種。

「ハムスターでしょうか。おじいさんがおうちで飼ってるペットの名前が『はむちゃん』とか……いや、違いますよね」

わたしは、自身の挙げた案を、二ノ宮の判断を待つまでもなく棄却した。

「お、左京さん、即却下されましたね。理由は?」

「先生、屋敷の中を覗いたって言ったじゃないですか。もしハムスターとか小動物の類であれば、男の子のそばにそれを収める動物の籠があるか、もしくはハムスターが彼の近くにいてしかるべきでは。『二人で庭をのんびり眺めていた』というのはおかしいです」

二ノ宮がにやりと笑う。彼はきっと、わたしがそのように解くことを織り込み済みで、そう語ったのだろう。「確かな反証ですね」と言った。

しかし、彼の思い通りにことが運ぶのでは面白くない。付け足してやる。

「それに」

「それに?」

「ハムスターだから、はむ。『それじゃなぞなぞにならない』です」

二ノ宮は、フスン、と鼻から息を吐いた。思いがけない意趣返しに、意表を突かれたようだった。

——というか、そもそも。彼の話を聞いて、思う。

これをなぞなぞとするためには、彼の話には不足がある。きっと、どのような手かで補っているのだろうけれど……確認しておくことにする。

「先生は、このなぞなぞの答えはわかっていらっしゃるんですよね?」

そう。

出題者の二ノ宮がその「はむ」の正体を知っていなければ、このなぞなぞは成立しない。わたしが彼の出題にいくら答えを提示しても、それが合っているか間違っているかは誰にもわからないのなら、それはなぞなぞとは言えないだろう。ただの当て推量で終わってしまう。

二ノ宮の出題したなぞなぞ。最後まで語られない、謎を含んだ物語。——なんだか、「いつもの」彼の物語のようだと、そんなことも思う。

「先ほどのお話が、『先生がお屋敷の覗きをした』ってところで終わってしまったので。わたしがどんな推論を出しても、ご本人に確認しなくては、それが正しい答えかどうかはわからないいんじゃないかなって思ったんです」

「覗き、って言い方はどうかと思いますけど」

僕が何かいやらしいことしたみたいじゃないですか、と不満そうに口を尖《とが》らせているが、わたしの言っていること自体に間違いはないはずだ。

二ノ宮は、わたしの疑いをよそに、あっさり頷いた。

「ええ、もちろん答えは知っていますよ。そこの検証はできていますので、ご安心くださ い」

「どうやって確認したんですか?」

「普通に。門に回って、インターホンを押して、名乗って」

幻のインターホンを叩《たた》くように、立てた人さし指をぴこんと曲げる。

「あれこれ考えるより、聞いちゃった方が早いですからね」と、妙なところで行動力のある人だ。通りすがりに聞いた妙な言葉の正体を知るために、見ず知らずの人の家を訪ねるなんて。

手遊びに握ったシャープペンを振り振り、二ノ宮が言う。

「最初はお母さんが『道端で大声を出してすみません』と恐縮されていたんですけど、その文句を言うために声をかけたわけじゃないのは、すぐにわかってもらえました。『はむ』って何だろうって考え出したら止まらなくて、これじゃ寮に帰ってから勉強に集中できそうにありません――なんて言ったら、笑ってくれましたね」

「どうせ帰ってからも、勉強も原稿もする気なんてなかったくせに」

「家にまで上げてくださって、僕にもジュースを出していただいて」

わたしの指摘は、完全に聞こえないふりをされた。

「僕も最初は、左京さんと同じことを思って、『ハムスターか何かを飼ってらっしゃるんですか』って聞いたんです。そうしたらおじいさんは、かか、と笑って『動物を育てるのは難しいし、わしの方が先に逝きかねんからね、ペットは飼っていないよ』とおっしゃいました」

つまり、「はむ」はハムスターの名前ではないということに加え、

「件《くだん》のものは、動物ではない」

……と確定しかけたものの、すぐに時期尚早であると気づいて撤回する。

「いや、『ペットではない』……つまり野良猫の可能性はまだ残されて……」

「敷地に猫がいたら、そもそも答えを聞きに行ったりしてないですけどね、僕」

それもそうだ。

「動物ではない、は確定でいいと思います。水の音がするって言いましたね、確かにお屋敷には小さな池もありましたが、そこにも鯉《こい》の一匹すらいませんでした」

「鯉のハム……」

「なんだか魚肉ソーセージが食べたくなってきました」

庭の池を悠々と泳ぐ魚肉ソーセージの群れ。――若干、気持ち悪い。

しかし当然のことながら、そういうことでもない。

「で、それなら『はむ』っていったい何なんですかって僕が聞いたら、男の子が『あれだよ！』と庭のそれを指さして……おっと」

ぱ、と口に手を当てる。失言というか、口を滑らせた、といった様子。しかし、

「……聞いちゃいました？」

「ええ」

わたしはにんまり笑う。口を噤《つぐ》むも時既に遅し、わたしはしっかり彼のヒントを聞いていた。

「『はむ』は、庭にあるものなんですね」

「そうです。それは、お屋敷の雰囲気にとてもよく合っていました。僕はそれに詳しくは

ないんですけど、とてもいいものなんだそうですよ。何かの賞を取って専門誌にも取り上げられもしたのだと、おじいさんは熱く語ってらっしゃいました……と、そんなところですかね『はむ』事件。いつか、何かの創作のネタになるかもしれないと思ってあたためていました」

そこまで喋《しゃべ》って、二ノ宮は口を閉じた。答えを導くためのヒントはこれで出し尽くした、ということだろう。

「むむ……」

わたしは口をきゅっと結び、ここまでに出てきた情報を頭の中に並べてみる。

男の子が「はむ」と呼ぶもの、それは。

一、そのお屋敷の庭にあるもの。

二、動物ではないもの。

三、専門誌に取り上げられたもの。

四、屋敷の雰囲気によく合っているもの。

――そして。

「……あ」

ぴん、ときた。

その条件に合致するものが、頭の中に一つある。けれどそれを素直に答えてしまうのも味気がないように思えて、わたしは小さく手を挙げると、こう聞いてみた。

「先生、一点質問です」

「なんですか？」

「このなぞなぞの前に、先生が『鳥たち』のなぞなぞを出したのもヒントですね？」

「そこをわざわざ確認されるとは、左京さんもなかなか人が悪い」

二ノ宮は、まるで悪だくみが成功した悪ガキのように、顔を伏せて、いっひっひ、と笑った。なんとなく共犯者の気分になって、わたしも声をひそめて同じように笑う。

そうしてからわたしは、彼の出題に対する答えを告げた。

男の子が「はむ」と呼ぶもの。それは、

「松、ですね」

「正解」

わたしに言い当てられた二ノ宮の笑みが、さらに深くなった。

「正確には『松の盆栽』でした」

二ノ宮は、そう補足説明を始めた。

「庭に設置された棚に並べられた盆栽の鉢、その中の一つが松でした。それを見た僕に合わせるように、男の子も笑顔で元気よく、はむ好き！　かっこいいだろ！　と言いました」

想像する。瓦葺の屋敷の縁側に座り見るものは、青々とした垣根、苔生《こけむ》す庭池、手入れのされた盆栽棚、石灯籠。水の流れる音、春のあたたかい風……男の子の元気な声。

「おじいさんの趣味が盆栽で……あ、ちなみに僕はさっきから『おじいさん』って言ってますけど、男の子との関係は、ひ孫と曾祖父だそうです。男の子とお母さんは近くのマンションに住んでいて、ときどき、買い物帰りに寄るんだそうですよ」

その一家の、正しい家族構成を教えてくれる。けれどそれはおそらく、なぞなぞの答えとは関係ない。

はむという言葉が松を示す理由を、わたしはすでに察していた。

「男の子は、松の字のつくりにあたる『公』を、『ハム』の二文字と取ったんですね」

「その通り」

ハト——鳥と九でトリック。それと似た原理だ。

「おじいさんの持っている雑誌の『松』の文字を見て、彼はおじいさんに『これ、はむって読むんだよ！』と教えたそうです。ハトのなぞなぞもそうですが、一つの字を分解して二つの文字と捉えるような考え方は、大人になるとなかなか思いつきませんね。子どもだから思いついたこと——漢字を知らなかったというのもありますが、頭がやわらかいからこそ出てきた発想なのかもしれません」

「やわらかい。ハムだけに？」

「そのコメント、掘り下げた方がいいですか？」

「やめてあげてください」

言わなきゃよかった。

「ようやくひらがなとカタカナが読めるようになってきて、自分にわかる文字を見つけると片っ端から読み上げるのだと、お母さんは困ったように言っていました。だけど、好奇心が旺盛なのはいいことですね」

いろんなことを感じて知るのが子どもの仕事だ、なんて誰かが言っていた。

とはいえ、あまり好奇心が強くなりすぎて、将来、見知らぬ家のインターホンを押すような作家にならなければいいが。

「いま『好奇心が強すぎて僕みたいな大人にならなければいい』とか思っていませんでした？」

「お、おも、思ってないです」

うっかり見抜かれて、慌ててぶんぶん首を左右に振ることになる。からかわれるかと思ったが、二ノ宮は執拗《しつよう》に食いついたりはしなかった。話を続ける。

「おじいさんは、松の盆栽を示して、あれがその『はむ』だよと男の子に教えたところ、男の子は松を気に入って、お宅に行くたびに松を見たいと言い、おじいさんに松の話をせがむようになったそうですよ」

「ひ孫が自分の趣味のものを好きになってくれるなんて、おじいさんは嬉しいでしょうね」

「そりゃもう、終始でれでれでしたよ。うちのひ孫はこの歳《とし》で『松』の字を読める天才なんだ、とか、この子は松の話をすると喜ぶんだ、なんてね」

実際には松の字を読めているわけではいけれど、それを言うのは野暮というものだ。

「おじいさんの盆栽の話も、興味深かったです。盆栽の見所とか、種類に合った生育環境とか、道具のこと、その他にもいろいろと教えていただきました。宇宙にもたとえられるそうですが、本当に深い世界ですね、いずれきちんと勉強して書いてみたい題材だと思いました――、が」

が。

唐突に二ノ宮が逆接の言葉を口にしたものだから、わたしはついまばたきをした。

「『が』、なんですか?」

「この話には、少し続きがありまして」

「続き?」

二ノ宮は席を立った。どこに行くのだろうと思ったがなんということはない、部屋の壁にあるエアコンを操作しただけだった。

空調が換気モードに切り替わる。フォン、と風の音がした。

「ご家族の時間をあまりお邪魔しても申し訳ないので、僕はできるだけ早めに失礼しました。その際、お三方が門のところまで見送ってくれたんですけど、心からの言葉かリップサービスかはわかりませんが、おじいさんは『また遊びにおいで』と言ってくださいました……そのとき男の子が、僕のジーンズの膝あたりをつかんで『お耳、貸して』って言ったんです」

「男の子にも、ずいぶん懐かれたんですね」

「どうでしょう。明るくてはきはきとものを言うし、人見知りしない子ってだけかもしれませんね……と、思ってました。そのときまでは」

「ん?」

何か、含みのある言葉。

どういう意味かと問うまでもなく、彼は続きを口にする。

「……身を低くした僕の耳に顔を近づけると、その子はこんなことを言いました」

そして、一拍の間。

そのときの男の子を真似《まね》るように、二ノ宮は声をひそめてこう言った。

「『お兄ちゃんには教えてあげる。僕は別に、「はむ」のことは好きじゃない』」

「え?」

なら、インターホンに飛びつくようにしてねだっていたのは、どういう——わたしと同じことを、耳打ちされた二ノ宮も思ったのだろう。

「でも、僕が『はむ』の話をしてっておじいちゃんに言うと、おじいちゃんが嬉しそうにするから、それは好き。——だそうですよ」

二ノ宮は顔を伏せて、んっふっふ、と笑った。

「いやまったく、こまっしゃくれたガキだと思いました。人ってのはそんな年の頃から他人の顔色を窺《うかが》って生きてるものなんですかね」

「顔色を窺う、って。その子はおじいちゃんに喜んでもらいたいってだけでしょう」

「そうとも言えますね」

語彙が貧弱なもので。と笑うあたり、彼は意図的に皮肉めいた表現をしたようだ。わたしの指摘をあっさり認め、「だけどまぁ、そういうことなんですよ」と右手を開く。

「人はそれほど幼い時分から、意識的にも無意識にも、慮《おもんぱか》るということをする。ろくな大人ではないかもしれませんけど、僕だって人間の端くれです。他人を気にすることくらいは……まぁ、多少なら、します。だから」

最後の方はもごもごと聞き取りにくく、ごまかすような言い方ではあった。ただそれでも、そんな言い方でも、彼がいまわたしに何を言いたいのかは、わたしにも伝わった。

つまり一連のなぞなぞは、二ノ宮のずいぶん回りくどい意思表示であったということだ。

二ノ宮は、咳払《せきばら》いを一つ。のち小首をかしげ、

「で、何があったんですか、左京さん。今日だけじゃないですよ、ここ数日の連絡もそうでした。気が散っているようで、言うことにまとまりがなくて、どことなく不安そうな感じで。今日だって、体調が悪いのかと聞いても、そうじゃないと言うし」

「……す、すみません」

「謝らなくていいです。……ただ、あなたがそうだと、僕はなんとなく、落ち着かない」

二ノ宮が肩をすくめた。

と同時にわたしは、最近のわたしの態度を恥じた。担当編集が挙動不審で、実際に会っても会話に集中できていない様子でいれば、作家は「自分の仕事は大丈夫なのか」と不安になって当然だ。自分の至らなさに、うなだれる。

ただ、彼はわたしの欠点を指摘したいわけではなかったらしい。

「——と。当初はそういう話をしたかったんですけど」

「え？」

突如そう言うと、わたしの言葉を待たず、二ノ宮は席を立った。

「先生？　どこへ——」

「さっきから、視界の端にちらちらうるさいもので」

早口で吐き捨てるように言った二ノ宮の目は、眼鏡の奥で細められている。彼はぽかんとするわたしの前をどかどかと通りすぎ、打ち合わせ室のドアノブを握って——

「擦《す》りガラスに、影がずっと映ってるんだよなぁ」

ドアを一気に引き開けた。

すると——打ち合わせ室のすぐ外。まるでドアにぴったりと張りついていたのかと思わせるほどの至近距離。そこに人が立っていて、わたしはぎょっとした。

ただ、驚いたのはわたしだけのようで、ドアを開けた二ノ宮はもちろんのこと、見つけられた『その人』もまったく動じていなかった。その人は、いかにも軽薄な様子で二ノ宮へ「よう、二ノ宮先生」と右手を振り、

「いやいや、まさかばれてたとはな。驚いた」

「俺が気づいてるのくらい、あんたもとっくにわかってただろうが。盗み聞きなんて趣味の悪い真似しやがって」

「滅相もない。通りかかったら面白いなぞなぞが聞こえてきたから、つい立ち止まっただけだ」

「あんたに聞かせたわけじゃない」

「相変わらずお前の話は嫌いじゃないぞ、退屈しなくて」

「相変わらず癇《かん》に障る褒め言葉をありがとう。――久しぶりだなぁ、高山さん！」

二ノ宮は、唾すら飛ばして彼の名を呼んだ。


「た、高山さん？　そんなところで何してるんですか」

打ち合わせ室の外に立っていたのは、二ノ宮にとっての先代担当編集、高山。

わたしが彼の名を呼ぶと、彼は真顔のまま「いぇい」と右手で謎のブイサインを作り、二ノ宮は「反省の色がない」とひどく嫌そうに高山の脇腹を小突いた。

そんな二人の並んだ立ち姿を見て、わたしが思ったことは。

「……あの、高山さん」

「どうした？」

「先生の担当が高山さんからわたしに代わったのって、もしかして……」

「不仲ゆえ、ではないですよ」

わたしの想像を、即座に否定したのは二ノ宮だった。

「当時から、この人と組んで物語を作ることに不満はなかったです。なんだかんだで、編集者としての能力は高いと思うので。性格悪いけど」

「俺も不満はなかったぞ。こいつの作家としての能力は高いしな。性格悪いけど」

睨《にら》む二ノ宮、そっぽを向く高山。

二ノ宮は唸《うな》るような低い声を出した。

「……不仲ではないですけど、どうしても好ましく思えないのは仕方ないでしょう」

「だぁから前から言ってるじゃないか。打ち解けるために酒の一杯でも付き合えって話だよ」

「何度か付き合っただろ。こっちはノンアルコールの未成年なのに、毎回朝まで飲み続けて、いたいけな青少年にくだを巻いて帰してくれなかったのどこの誰よ」

「忘れた」

「忘れんな」

互いに口も態度も悪いが、つまるところ二人で食事を複数回ともにできる程度には親しいということなのだろう。……けれど、

「ただ、高山さんよ。俺は、今日のあんたにはけっこうムカついてる」

二ノ宮の方は違っているようだった。現在の――少なくとも今日の彼は、どうしてか高

山に心からの疎ましさを覚えているようだ。

「せ、先生、落ち着いて」

「左京さんは黙っててください」

わたしの方は一瞥《いちべつ》もくれないまま、高山をじろりと睨む。

高山は心当たりがないのか、腰に手を当てきょとんとした顔のままでいる。しかしそれすら憎らしいのか、二ノ宮は低い声で、高山に向けこう言い放った。

「高山さん。——あんた、左京さんに何をした」

……沈黙。

「ん？」

「え？」

わたし？

わたしと高山は、ほぼ同時に二ノ宮へ聞き返した。高山などは鼻先を指で示し、

「俺？」

「しらばっくれるなよ」

舌打ちをして、いまにもつかみかからんばかりの雰囲気の二ノ宮。

しかし高山には心当たりがないようで、眉を寄せた。

「俺は何もしてねぇよ。何が言いたい」

「とぼけんな馬鹿。昨今の彼女が集中力欠きすぎてアホの子になってるのはあんたのせい

だろう」

「何言ってる馬鹿。こいつの間が抜けてるのはもともとだろうが。いまさら俺のせいにするな」

「馬鹿、いつもに輪をかけてすっぽ抜けてるから心配してるんだろうが。それを——」

「アホとか間抜けとかすっぽ抜けてるとか誰のことですか！」

二人の言い争いのはずなのに、どうしてわたしがコケにされないといけないのか！

わたしが叫ぶと二人の口論は中断した。こちらを向いた二つの疎ましげな表情は、どことなく似ている。

「そもそも、喧嘩《けんか》はいけません。仲良くしてください」

「別に喧嘩してるつもりはありませんけど……」

二ノ宮は頭を掻《か》いた。わたしの仲裁に、毒気が削《そ》がれたといった様子。

「……とにかく。左京さんの様子がおかしいから気にしていれば、打ち合わせ中やたらとちらちらこっちを覗いてくるあんたの姿。疑わないわけがないだろう」

「あー。それもそうか」

確かにそいつは論理的だ、とのんびりした様子で高山が言う。

わたしは、なるほどだから二ノ宮は高山に食ってかかったのか——と納得し、同時にぎょっとした。残念ながら二ノ宮の推測は間違っている。わたしの調子がおかしいのは、確かに高山の一言がきっかけではあるが、決して高山の「せい」ではない。

わたしは二ノ宮の腕をつかんだ。

「ち、違うんです先生、すみません。昨今わたしが気を散らせていたのは、高山さんが原因というわけでは」

だが二ノ宮はわたしの言葉を、高山を庇《かば》うためのものと解釈したらしい。わたしをちらりと見て、

「高山さんよ、あんたこのアホの子にこれだけ気を遣わせて心が痛まないのか」

「またアホって言った！」

「ごめんな、アホ」

「高山さんまで！」

わたしの抗議を、二人はもう聞いてはいない。

「とにかく。――あんた、左京さんに何をしたんだ。場合によっては」

「まぁ、座れよ」

言い合いに飽きたのか高山は、凄《すご》む二ノ宮を遮った。打ち合わせ室の中に入ってくると椅子を引いて勝手に座り、わたしたちにも空いた席を勧める。

高山の選んだ席はわたしの隣だったので、自然とわたしは高山と並んで座ることになる。二ノ宮は逡巡《しゅんじゅん》したようだったが、結局わたしの向かいに戻った。

腕と足を組んだ高山は、ふん、と鼻から息を吐く。

「あのなぁ二ノ宮。お前の未熟さから来る不行届を俺に擦《なす》りつけられた上、つまらん勘違

いで逆恨みされたんじゃ、俺はたまったもんじゃない」

「俺があんたに何したよ、高山さん」

「俺にじゃない」

高山の視線がわたしを向いた。そして、

「最近こいつが不機嫌な理由は、俺じゃなくてお前が原因だっつう話」

「え?」

「なぁ、左京」

いきなり話を振られて、言葉に詰まる。

二ノ宮を見る。彼は不思議そうな顔をしながらも、わたしの言葉を待っていた。

「どういうことですか、左京さん」

「え、えっと、あの」

わたしが彼の何を気にしているか、言っていいのだろうか。聞いていいものだろうか?

迷ったけれど、高山が「言ってやれ」とばかりに顎で二ノ宮を指したから——

「……あの、高山さんから伺ったんです」

「何をですか?」

言うのを、ちょっとためらう。

だけど、二人の視線を浴びて、どこにも逃げ場がないのもわかっていたから。首をすくめ、おずおずと二ノ宮に伝えた。

「二ノ宮先生の、推理パートを忘れる癖。高山さんが先生を担当してた頃は、一度もそんなことなかったって……」

「は……」

わたしの言葉に二ノ宮は、その一文字だけ吐いて――間が空いた。

充分な時間ののち、高山は「悪いな」と言って、へっへっへ、と笑った。

「いやぁ、つい口出しちゃって。俺のカワイイ後輩が、担当作家との関係性に悩んでるみたいだったからさ」

二ノ宮は額を手で押さえた。合点がいったとばかりに、二、三度頷く。

「だから左京さん、今日、僕に体調とか……具合悪くないか、って……」

「だ、だって、ご病気とかだったら大変じゃないですか！」

担当編集者として二ノ宮には確かに毎度振り回されているけれど、確かに礼儀のなってないクソガキだと思ってはいるけれど、体調を崩してほしいとか、そういうことは断じて思っていないのだ！

けれどそれはない、と二ノ宮は最初に言った。自分は健康そのものだと。だったら彼が物語の結末を忘れるようになったことには、他に原因があるということになる。

それはいったい、何なのか。

――ここまで伝えてしまったのだから、聞く以外の選択肢はない。

「教えてください、先生。先生はどうして、物語を最後まで覚えていられなくなったんですか」

「いや、それは……」

「二ノ宮。観念しろ」

逃れようと顔を背けた二ノ宮へ、高山が言った。

二ノ宮の目が高山を向く。

「というか、ぶっちゃけた話、『お前の原稿にふさわしい答えが出せない、出せているか不安だ』って本気で悩み始めた後輩を見ていれば、俺も何度もお前のいたずらを看過するわけにはいくまいよ。なぁ、二ノ宮——」

高山は彼の名を呼んで、一拍。

のち、口の端を歪《ゆが》めて笑った。

「——ちょっかい出したくなるのはわかるけど、そういうやり方は嫌われるぞ」

すると二ノ宮は、衝撃を受けたように目を見開いた。高山へ何か答えようとしたけれど、結局何を口にすることもできず——

代わりに、わたしを見た。

「……すみません、左京さん」

そして、さながら「観念した」というように吐かれた一言は——

絞り出すような声だった。

「全部、嘘《うそ》です」

……え。

どういうことか理解ができず、気づくと顎が落ちていた。そんなわたしを高山は、「あのな、左京」とあきれたような目で見た。

「お前はお前でちょっと抜け過ぎだ。作家が推理パートだけ都合よく忘れるなんてこと、何度もあるわけないだろう。こいつがやってたのは『忘れたふり』だ」

高山の言ったことを否定せず、ただ二ノ宮はがっくりと顔を伏せた。

「じゃあ、いままでわたしが『解決パート』を考えてきたのは……」

「すみませんでした」

素直に謝罪をする二ノ宮に、わたしは怒ることもできずにいる。

いつもの彼なら「ただの小粋なジョークのつもりでした」なんて舌を出しそうなのに、そうであったらわたしは何のためらいもなく、大声で彼を怒鳴りつけられていたのに、意外にも今日の二ノ宮は、そうしなかった。そうしなかったのは――

その嘘は「冗談」とは違う、彼の中で意味のあったことなのか。

だから、余計なことを聞いてしまう。

「いえ、でも、嘘って、どうして、そんなことを……」

尋ねると二ノ宮は、む、と口を尖らせた。

「……ちょっと、知りたくなっただけです。左京さんの考えることを」

「わたしの？」

二ノ宮が顔を上げた。目が合って、一瞬だけ、彼の視線が泳ぐ。

彼はぶすくれた表情のままで、ぼそぼそと「犯行動機」を口にする。

「左京さんだったら、僕の考えた物語に、どういう結末を考えるんだろうかと。そんなことを、知ってみたいと思っただけですよ」

「俺はお前に言ったぞ、『お前はよく懐かれてる』って」

高山の補足。つまるところ我が担当作家の「悪癖」とは、風変わりな大学生の困った「好奇心」だったという話、らしい。

「ただ、懐いているって言っても、これは仕事だし。先達《せんだつ》として、そろそろ諫《いさ》めておくべきかと思ったからさ。……いや、別に面白そうだからとかでバラしたわけじゃないんだぞ、本当に」

高山の物言いはなんとなく言い訳がましいが、つまりそういうことらしい。

だけど――だけど。そうだとしても、まだ、一つ不思議なことがある。

けれどそれを尋ねられるほど、わたしの頭は冷静になれていない。ぽかんとするわたしに、二ノ宮は「安心してください」と言った。

「左京さんがそれで悩んでいたというのなら、もう、こういうことはやめます。ばれた嘘を何度も繰り返すのも趣味ではないので……それに僕の『嘘』で左京さんを思い悩ませるのは、僕の本意ではないので」

そして両手を肩の位置で広げた。

そのときにはもう、二ノ宮はいつもの小憎らしい笑顔を作っていた。

「ですからこの話はこれでおしまい。本日の打ち合わせも、ありがとうございました。まだ他に連絡事項とか何かあります？　ありませんよね。あるわけないですね、はい。面白い物語のプロットを思いついたら、いつも通りメールでお送りしますので、その際には是非ご確認いただけたら嬉しいです。じゃあ僕帰りますね。成績優秀売れっ子学生作家はいろいろと忙しいんです。いろいろと。ええ、いろいろと」

早口の彼に、わたしは返せる言葉がない。いや、「はぁ」だか「まぁ」だかは言ったような気がするけれど。

頭の中がなお落ち着かないわたしの前で、彼は手早くテーブルの上の荷物をまとめ、なぜだかコーラの空き缶までそのまま一緒に鞄の中に放り込むと、「それでは」と一礼して会議室を出ていって、そのまま戻ってこなかった。どうやら本当に、帰ってしまったらしい。

――そうやって。

新進気鋭の若手編集を悩ませた担当作家の「悪癖」は、唐突なネタばらしと同時に、呆《あっ》気《け》なく終わりを告げたのだった。

エピローグ

二ノ宮《にのみや》が「ネタばらし」をしてから、数日後。わたしのメールアドレスに、彼から一通のメールが届いた。

「先日はお騒がせしました」から始まる本文。新作が書けたという旨の報《しら》せに、文書ファイルが一つ添付されていた。プロットもまだ提出していなかったけれど、つい筆が乗って書いてしまったのだという。「ボツならそれでも結構です。お手すきのときに目を通していただけたら」と、メールの本文には書かれていた。

わたしはファイルを開き、一ページ、二ページ……冒頭に目を通す。

瑞々《みずみず》しい文体で読者を引き込む、相変わらずの鮮やかな書き出しだ。

あの日の帰りがけの挙動不審はどこへやら、いつも通りの二ノ宮花壇《かだん》がそこにいた。

だけど――

「ん。二ノ宮の新作か」

背後から声がして振り返ると、そこには高山《たかやま》が立っていた。

わたしのパソコンを覗《のぞ》き込んでいる。視線をディスプレイに映し出された文章に向けながら、こんなことを尋ねた。

「あいつ、元気か？」

「それはわかりませんけど……」

「文章は見た感じ、変わりなさそうだから元気だな」

そういう雑な判断を下すところが、二ノ宮に疎まれる要因ではなかろうか……などと思うけれど口にはしない。わざわざ聞いてきたあたり、高山も高山なりに二ノ宮のことを案じていたのだろうし。

「念のため言っておくけどな、あれはお前が気にすることでもないぞ」

「……はい」

さすが先輩、とでも言おうか。高山はきちんと、わたしのことも案じていた。

先日の二ノ宮のことを思い出す。いままでの「推理を忘れた」というのがすべて嘘《うそ》だったと告白した彼はいま、どういう気分でいるのだろう。彼のことだから、意外とあっけらかんとしているかもしれないけれど——けれど。

わたしには、その「嘘」に、まだ、どうしてもわからないことがあった。

「どうして、わたしだったんでしょう」

「ん？」

どういうことだ、と高山が言う。わたしは彼の顔を見上げた。

「わたし、あれからずっと、考えてたんです。先生は、『推理パートを忘れたと言ったのは嘘だ』なんておっしゃっていましたけど——だとしたら、どうしてせっかくご自身で考えた物語の結末を隠してまで、わたしの推理を聞きたいなんて思ったんでしょうか」

「左京はよく考えてるなぁ」

高山が珍しくわたしを褒めた。ただ、それは心からの称賛ではなく、明らかに嘲《あざけ》るような物言いだった。

「だけど、あいつが、『忘れてたと言ったのは嘘だった、お前の推理を聞いてみたかったから嘘をついた』って言ってるんだから、それで終わりでいいじゃんよ。あんま細かく突っ込んでやるな」

「よくないですよ。先生のこと、ちゃんと理解してあげたいです」

つい唇を尖《とが》らせて言い返す。高山のそれは担当編集の心得としては、あまりに自覚のない振る舞いのように思えたからだ。たとえ担当作家が、スカした生意気大学生であったとしても——いや、だからこそ。

先日、珍しくも素直に頭を下げた彼の姿は、わたしの目に印象的に映った。

「……わたしが、二ノ宮先生の担当編集者だからでしょうか。でも、高山さんのときはそんなことはなかったんですよね。だったらどうして、先生は『わたしの考えを知りたい』なんて思ったんでしょう」

「そりゃあ、お前……」

高山は、言いかけて。

しかしやめた。にやり、と口の端を上げる。

「さすがにそれまで教えたら、俺はあいつに殺されそうだ」

高山が何かを知っているのは、さすがのわたしにもわかった。

高山を睨《にら》む。が、もちろん効果はなく、彼はへたくそな口笛を吹きながら自分の席に座った。もうこちらには興味はないといった様子で、自分のパソコンの操作を始める。

やれやれ。

考えても答えの出ないことを考えるのはやめにして、わたしはマウスを取った。二ノ宮に対しあれこれ思うところはあれど、原稿をいただけるというのはありがたいことだ。それも今回からは、「いつものやつ」もなく──

「……ん？」

マウスでスクロールバーを下へ動かす。動かす。動かして……

「なんで……」

「どうした？」

ぽろりと漏れた一言を、高山が聞き留めた。椅子を寄せてディスプレイを覗き込む彼に場所を譲り、わたしは携帯電話の画面を指で撫《な》でる。

耳に当てて待つと、数度のコールののち、つながった。

「お世話になっております、先生。左京ですが。先生？」

少しの間があって、返事があった。

二ノ宮の弾んだ声。──いつも通りの。

「あ、左京さん。先日はありがとうございました。慌てた様子でどうされました──あ、もしかして、原稿ご覧になってくださいました?」

「はい、拝読しました。それで……あの、質問がありまして……」

電話に投げかけるわたしの声は、じんわりと焦りを帯びている。

一方、それを聞いているはずの二ノ宮は、まったく変わらず明るい声で、

「なんでしょう? あっそうだ、プロットも渡していないのに、いきなり原稿を送りつけてしまってすみませんでした」

「あ、いえ、とんでもない。わたしが申し上げたいのはそういうことではなくて……」

「違う? ええとじゃあ、書き出しをいつもと少し変えたことでしょうか。雰囲気自体は変えてないんですけど、こうすれば読者が物語により感情移入しやすくなるような感じがして、個人的にはすごく気に入ってるんですよ」

「え、あ、はい。書き出しはとても素敵なんですけど……そのことでもなくて……」

「それも違う。じゃあ登場人物の私服の描写かな? 今回はファッション雑誌を買い漁《あさ》って、流行のスタイルをしっかり押さえ――」

「そ、それも素敵ではあったんですけど……!」

そこでもなくて!

わたしが彼に言いたいのは、唐突な原稿の送付に対する苦情でもなければ、届いた原稿のよし悪しでもない。もっともっと、大事なことだ。

しかし思い当たらないのかそれともとぼけているのか「それでもない。じゃあなんだろ

う」と、いかにも不思議そうな二ノ宮の声。

　となれば、わたしが言うしかないらしい。その原稿の「不足点」を。

　嫌な予感しかしないから、言いたくないし聞きたくないが！

「あの、こちらの原稿、ですね……」

　それでも聞かなければ始まらない。大きく、深呼吸。

　はやる心臓を落ち着けて、わたしは彼にこう告げた。

「推理パートが、ないんですけど……？」

　そう。

　先ほど「二ノ宮花壇の新作」としてわたしに届いた原稿は、【出題パート終了】の一行を最後に終わっていたのだった。いままで「推理パートを忘れた」と告げられて読まされた物語たちと同じように！

　完結していない原稿。ファイルを間違えた、とか、実はまだ執筆途中で、とかそういう答えが返ってくるのを期待していたけれど、

「あー」

　という二ノ宮の間の抜けた声が、嫌な想像を掻《か》き立てる。

「いや、実はですね」

「はい」

「先日、心ここにあらずの左京さんを拝見して、余計な嘘をついて左京さんのお心を乱す

のはたいへん忍びないと思ったのと」

「はい」

「ばれた嘘を何度も繰り替えすのは僕の趣味ではありませんし、だから『推理パート忘れた』って嘘はもうつきませんって、この間宣言したんですけど」

「はい」

「よくよく考えたら、ですね」

「はい」

一拍、のち。

二ノ宮は言った。

「嘘つかないで正面から『解いてください』と申し上げれば、何も問題ないんじゃないかなと思った次第です」

「問題ないわけないでしょうが！」

絶叫。

「先日『担当編集を無駄に悩ませるのは本意ではない』っておっしゃってたのは何だったんですか！」

「左京さんこそ何言ってるんです、あれは『僕の予測の範疇外《はんちゅうがい》のことで左京さんを悩ませるのは嫌だ』ってことですよ。いいですか左京さん、僕の体調とかその他もろもろ意味わかんないこと考えて気に病まないでください。そして僕の予測内で思う存分ストレス溜《た》めてください」

「なんだと、このクソガキー！」

ぎゃっはっは、という笑い声が聞こえる。電話越しではない、肉声だ。高山が隣の席で笑い転げているのだった。

まったく苛立《いらだ》たしい。——どちらも！

ふう、と一息。冷静を取り戻して尋ねる。

「……先生、一つ質問です」

「はい。なんですか？」

「この物語の謎を『解いてください』っていうことは、正解——推理パートはすでに書きあがっていらっしゃる、っていうことですよね？」

すると。

電話の向こうの二ノ宮は、その問いを待っていたとばかりの明るい声でこう言った。

「ええ、はい。もちろんです。答えがわかったら、どうぞ『いままでと同じように』僕の寮までいらしてください。答え合わせの上、正解者に模範解答をプレゼントー」

そして、ぷつん、と電話は切れた。

ふざけている。それも、これまでのことに輪をかけて！　怒りに震えるわたしを見て、ますます高山の笑い声が大きくなる。

「いやぁ、お前もつくづくあいつに好かれてるな」

これのどこが——反論しかけて、前にも似たようなやり取りをしたような気がしてやめた。言い返すだけ時間の無駄だ。

「で、左京。どうすんの」

「どうするもこうするも——」

届いた分の原稿は申し分ない。そして残りの部分はすでに二ノ宮の手元にあるという。答えはまだ出していないが、彼の担当編集として、わたしが為すべきことは一つしかない！

わたしは届いたばかりの原稿データをプリントアウトし、鞄の中に放り込んだ。笑い泣きしている先輩を八つ当たり気味に睨みつけ、椅子に掛けたスプリングコートをひっつかむ。

そして、噛《か》みつくように宣言した。

「二ノ宮先生の原稿、回収に行ってきます！」

おしまい。

二見サラ文庫

本作品に関するご意見、ご感想などは
〒101-8405
東京都千代田区神田三崎町2-18-11
二見書房 サラ文庫編集部 まで

本作品は書き下ろしです。

うちの作家《さっか》は推理《すいり》ができない

著者 なみあと

発行所 株式会社 二見書房
東京都千代田区神田三崎町2-18-11
電話 03(3515)2311［営業］
03(3515)2314［編集］
振替 00170-4-2639

印刷 株式会社 堀内印刷所
製本 株式会社 村上製本所

落丁・乱丁本はお取り替えいたします。
定価は、カバーに表示してあります。

ISBN978-4-576-20102-3
https://www.futami.co.jp/